10/8/01

D1366271

# LES ŒUFS DE PÂQUES

Jacqueline de Romilly est professeur de grec ancien. Elle a enseigné dans différents lycées, à la faculté de Lille, à l'École normale supérieure, à la Sorbonne. Elle a été la première femme professeur au Collège de France, puis la première femme membre de l'Académie des Inscriptions et Belles-Lettres.

Auteur de nombreux ouvrages qui font autorité, *Thucydide et l'impérialisme athénien*, *La Tragédie grecque*, *Les Grands Sophistes dans l'Athènes de Périclès*, *La Grèce antique à la découverte de la liberté*, *Pourquoi la Grèce?*, elle publie en 1969 *Nous autres professeurs* qui constitue « un acte de foi dans le rôle joué par les professeurs dignes de ce nom et dans la valeur formatrice des études grecques ».

Elle s'est fait connaître d'un plus large public en publiant en 1984, année de crise et de débat pour l'Éducation nationale, *L'Enseignement en détresse*, témoignage sur son expérience d'enseignante, constat parfois sévère sur l'état de notre enseignement et plaidoyer pour ses valeurs et son renouveau. *Nous autres professeurs* et *L'Enseignement en détresse* ont été réédités en 1991 (Éd. de Fallois) sous le titre *Écrits sur l'enseignement*.

En 1987, elle écrit *Sur les chemins de Sainte-Victoire* : « Je sais de quoi je parle quand j'évoque, avec ferveur, les auteurs de la Grèce classique; mais je le sais mieux encore quand il s'agit de ces collines. Je ne suis heureuse que là, et par elles. »

Élue à l'Académie française en novembre 1988 au fauteuil d'André Roussin, Jacqueline de Romilly y a été officiellement reçue le 26 octobre 1989. Elle a été après Marguerite Yourcenar la deuxième femme à entrer sous la Coupole.

En 1990, paraît son premier roman *Ouverture à cœur*, aux Éditions de Fallois, et, en 1993, ce recueil de nouvelles, *Les Œufs de Pâques*.

# DU MÊME AUTEUR

### *Aux éditions des Belles Lettres*

THUCYDIDE, édition et traduction, en collaboration avec L. Bodin et R. Weil, 5 vol., C.U.F., 1953-1972.

THUCYDIDE ET L'IMPÉRIALISME ATHÉNIEN – La pensée de l'historien et la genèse de l'œuvre (1947 ; 1961 ; épuisé en français).

HISTOIRE ET RAISON CHEZ THUCYDIDE, 1956, 2ᵉ éd. 1967.

LA CRAINTE ET L'ANGOISSE DANS LE THÉÂTRE D'ESCHYLE, 1958, 2ᵉ éd. 1971.

L'ÉVOLUTION DU PATHÉTIQUE, D'ESCHYLE À EURIPIDE (P.U.F., 1961), 2ᵉ éd. 1980.

LA LOI DANS LA PENSÉE GRECQUE, des origines à Aristote, 1971.

LA DOUCEUR DANS LA PENSÉE GRECQUE, 1979.

« PATIENCE, MON CŒUR ! » - L'essor de la psychologie dans la littérature grecque classique, 1984 (2ᵉ éd. 1991).

### *Aux Presses Universitaires de France*

LA TRAGÉDIE GRECQUE, 1970, 2ᵉ éd., « Quadrige », 1982.

PRÉCIS DE LITTÉRATURE GRECQUE, 1980.

HOMÈRE (coll. Que sais-je ?), 1985.

LA MODERNITÉ D'EURIPIDE (coll. Écrivains), 1986.

### *Aux éditions Vrin*

LE TEMPS DANS LA TRAGÉDIE GRECQUE, 1971 (traduction du texte paru en 1968 à Cornell University Press).

### *Aux éditions Julliard*

SUR LES CHEMINS DE SAINTE-VICTOIRE, 1987.

LA CONSTRUCTION DE LA VÉRITÉ CHEZ THUCYDIDE (coll. Conférences, Essais et leçons du Collège de France), 1990.

### *Aux éditions de Fallois*

LES GRANDS SOPHISTES DANS L'ATHÈNES DE PÉRICLÈS, 1988.

LA GRÈCE À LA DÉCOUVERTE DE LA LIBERTÉ, 1989.

DISCOURS DE RÉCEPTION À L'ACADÉMIE FRANÇAISE ET RÉPONSE DE M. ALAIN PEYREFITTE, 1989.

OUVERTURE À CŒUR, roman, 1990.

ÉCRITS SUR L'ENSEIGNEMENT. *Nous autres professeurs* (1969), *L'Enseignement en détresse* (1984), 1991.

POURQUOI LA GRÈCE ?, 1992.

LETTRE AUX PARENTS sur les choix scolaires, 1994.

# JACQUELINE DE ROMILLY

*de l'Académie française*

# Les Œufs
# de Pâques

ÉDITIONS DE FALLOIS

*Dans le Livre de Poche :*

*Tous droits réservés*
© Éditions de Fallois, 1993.

# PRÉFACE

Pour la fête de Pâques, un usage largement répandu veut que l'on cache un peu partout — sans trop les dissimuler, cependant — des œufs qui sont autant de présents à découvrir. Mais il ne s'agit pas d'œufs ordinaires. Ils sont ornés, avec plus ou moins de goût, peints de couleurs imprévues, rehaussés de motifs, qui parfois dénotent une sorte d'intention artistique, mais parfois se contentent d'une touche fort discrète. De même, certains peuvent avoir été vidés pour recevoir un contenu nouveau. Le seul principe est que soient unis ces deux traits, en apparence assez opposés, que sont le secret des cachettes et la présence de parures délibérées.

Les textes qui suivent sont bel et bien à prendre comme des œufs de Pâques.

On peut les appeler des nouvelles, à cause de ces transformations et de ces parures par lesquelles j'ai cru bon de les déguiser : en fait ce sont des souvenirs, mes souvenirs, juste un peu retouchés.

Jamais je n'aurais osé raconter de vrais épisodes de ma vie. Cela m'aurait paru trop indiscret. Et puis je ne leur reconnais guère, sous leur forme fruste, le moindre intérêt pour autrui. Mais, en les cachant un peu ?... En les parant de nouvelles couleurs ?... En brodant à l'occasion ?... Telle fut ma tentation, et tel fut mon jeu.

Il faut dire que je menais, ces derniers mois, une vie dure et épuisante. Je me battais pour les études classiques ; je me battais pour le grec ; je me battais pour le français. Je répondais à trop de lettres et alignais trop d'arguments. Je discutais sur des questions très graves, mais sinistrement techniques, comme les options dominantes, les sections L ou S, les «modules», les «IUFM» et autres sujets du même acabit. Alors, quelquefois, le soir, ou bien au cours d'un voyage, d'une convalescence, d'une heure de rêve et de détente, un désir d'évasion me saisissait. À mon âge, il me ramenait vers des souvenirs.

Il est si facile de se laisser visiter par eux ! Ceux qui resurgissaient ainsi ne rappelaient pas nécessairement les plus grandes peines ou les plus grandes joies. Il pouvait arriver que ce fût le souvenir d'une impression d'un instant, assez forte pour ne plus jamais s'effacer. Ou bien, ce pouvait être un visage, éveillant l'écho d'années enfuies et se parant du halo tendre de ce qui nous a été cher. Ce pouvait être une histoire racontée, qui m'avait émue, un remords, une surprise, un doute… Quand ils nous reviennent à l'esprit, ils semblent avoir acquis un sens nouveau : on s'aperçoit qu'ils ont compté, sans que l'on s'en doute, plus que des grands événements. En tout cas on peut en parler avec plus de facilité. Et c'est un plaisir, alors, que de les habiller de neuf, comme les œufs préparés pour Pâques.

Le résultat est que, moi-même, je ne sais plus très bien, pour chacun de ces petits textes, où s'arrête la vérité et où commence l'imagination.

Déjà le souvenir lui-même est pénétré d'invention. Dans tout ménage, quand on évoque tel incident du passé, les désaccords surgissent : «Mais non, c'était en telle année ! » ; «Mais non, elle était blonde, et danoise, pas autrichienne» ; «Mais non, je ne lui faisais pas la cour». Là même où je crois dire vrai, j'ai déjà un peu paré l'œuf de mes couleurs personnelles.

À plus forte raison ici, où je l'ai fait délibérément ! Quelquefois j'ai été discrète : je n'ai changé que des noms, brouillant à peine les pistes. D'autres fois, un incident vrai, que j'avais vécu, s'est prolongé en fiction. Il est même arrivé qu'une impression première ait entraîné une scène, comme une note de musique appelle une série d'accords. Je ne sais plus, je le répète, séparer le vrai du faux.

C'est là un étrange aveu pour quelqu'un qui a voulu, sur les traces de Thucydide, consacrer sa vie entière au respect de la vérité ; mais peut-être, justement, est-ce là l'explication : tout excès suppose une compensation, et l'excès de philologie peut très bien susciter le besoin de passer quelques moments aux frontières de la réalité et du rêve.

Et puis qu'importe ce que j'ai cherché avec ces récits et pourquoi ils sont à présent livrés aux autres : cachés et offerts, attendant d'être trouvés. Ils ne m'appartiennent plus que par un lien secret, qui fait partie du jeu.

*Et d'abord, pour cette fête qui est aussi celle du printemps, c'est dans un jardin que, le plus souvent, sont cachés les œufs. On commence donc par un jardin. Là, tout peut se passer, les promenades entre êtres chers et les rencontres imprévues, parmi les fleurs et les oiseaux...*

*Entend-on déjà le chant du coucou ? Ce chant qui semble se moquer, encore, toujours, et répéter sa moquerie sur deux notes cristallines ? Un jardin est comme un théâtre.*

# LES PAONS DE BAGATELLE

C'était l'été, et Benoît, laissé très libre par le départ de sa famille vers les plages de vacances, avait invité sa jeune amie Hélène à déjeuner à Bagatelle. Il n'avait pas l'habitude de ces liaisons d'été ; il était de tempérament plutôt fidèle. Mais la liaison avec Hélène avait commencé avant l'été et s'était soudain développée de façon inquiétante. Elle avait l'air si jeune, si candide, et en même temps si avertie ! Il aimait ses grands yeux au regard vide, dont elle jouait si bien, et sa ridicule queue de cheval faite de cheveux très blonds (trop blonds ?), dont s'échappaient sur les oreilles des petits frisons d'enfant. Il aimait son corps menu, sa façon de chercher son plaisir comme une petite chatte, et puis de vous regarder avec un sourire étonné, comme si c'était la première fois.

Il était vraiment amoureux ; et il cherchait en tout à la contenter.

Bagatelle, par cet été très chaud, était une bonne idée. Ils étaient arrivés tôt et s'étaient d'abord promenés, doucement, au long des vastes pelouses en pente. Il n'y avait presque personne. Ils avaient à eux le contraste entre le gazon clair dans le soleil et les ombres épaisses des vieux arbres. Des tourniquets, un peu partout, apportaient inlassablement les gouttelettes d'une eau dont on eût voulu respirer bien à fond la fraîcheur. Une bonne odeur de terre humide se dégageait des parties arrosées. Et l'on n'entendait rien, sinon le passage d'un oiseau, faisant bruire les feuilles, et, beaucoup plus loin, des avions qui passaient dans l'air sans nuage.

D'habitude, les gens sont heureux à Bagatelle, et cela se

perçoit tout de suite. On voit sur leurs visages tendus se dessiner peu à peu le sourire de la détente. Ils sont comme des convalescents, qui redécouvrent la vie (et c'est effectivement le cas pour beaucoup d'entre eux : qui n'est jamais venu, convalescent, à Bagatelle ?). On croise des couples qui semblent unis dans un commun attendrissement devant les bébés-cygnes ou les sycomores centenaires. On croise aussi des femmes seules, qui trouvent là — apparemment — leur paix et leur joie. Bagatelle, pour tous, paraît être une bonne idée.

Mais Benoît, lui, n'était pas sensible à cette paix. La présence d'Hélène ne suffisait pas à le contenter. Et il tournait vers elle, à chaque instant, un regard plein de doute et d'hostilité.

Il était amoureux de cette fille. Et il était jaloux. Sur le visage lisse de sa jeune amie les soupçons glissaient, sans trouver jamais un indice de confirmation ou de réfutation. Il imaginait bien qu'elle connaissait d'autres hommes. Évidemment. Il ne pouvait guère s'en formaliser. Ce qu'il supportait mal était de ne rien savoir, même pour hier, pour aujourd'hui, pour chaque minute. Il y avait en elle quelque chose de fuyant, qui provoquait le doute. Elle souriait, lisse, libre, consentante ; mais à chaque instant des questions surgissaient, auxquelles elle ne répondait jamais. Par là il était conduit à imaginer toujours le pire. Ainsi, l'avant-veille, il avait, en allant la chercher pour dîner, croisé sur son palier un garçon qui sortait de chez elle — un garçon jeune, plutôt vulgaire, très sûr de lui, et leurs regards s'étaient croisés tout droit, en une mutuelle curiosité, trop intense et trop vite dissimulée pour ne pas avoir un sens. Il avait interrogé Hélène — et le vague de ses explications n'avait rien arrangé (« Un ami, juste de passage »). Elle ne l'avait pas nommé. Là-dessus, le lendemain, elle avait décommandé leur rendez-vous, se déclarant un peu souffrante ; et, lorsqu'il avait téléphoné le soir, son téléphone ne répondait pas. Naturellement, il pouvait y avoir de bonnes raisons...

Il s'était dit qu'il ne l'interrogerait pas. Il savait que l'homme marié, et plus âgé, se rend vite odieux s'il s'érige en propriétaire, et devient à coup sûr ridicule, s'il quémande en amoureux.

Mais le doute lui empoisonnait tout. Elle était conciliante

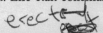

et candide — trop conciliante et trop candide ; ses yeux étaient trop innocents ; il sentait la rouerie. Et peut-être était-ce justement ce mélange de fausse naïveté et de véritable adresse qui l'avait d'abord séduit, puis mystérieusement attaché et qui, aujourd'hui, faisait son tourment. Parce qu'elle était puérile et désarmante, il devenait plus intolérable de se la représenter dans les bras du garçon qu'il avait vu. Son corps qui semblait à peine nubile rendait la pensée si choquante qu'il en avait comme la nausée. En plus, il était ulcéré de se voir lui-même dans ce rôle grotesque — jouant un personnage à la Feydeau et le prenant si fort au sérieux. En fin de compte, il n'avait pas l'habitude de tromper vraiment sa femme et son infidélité lui faisait bien plus honte si elle ne lui valait pas, au moins, des plaisirs sans mélange.

Si seulement il avait su à quoi s'en tenir !

Il avait décidé qu'il ne lui demanderait rien : il ne fallait pas. Mais il pensait que, dans la paix de ce jardin, d'elle-même, peut-être elle le rassurerait. Hélas, elle pépiait à ses côtés, toute proche et pourtant si lointaine ; il ne put plus y tenir :

— Je vous ai téléphoné hier soir, chérie, le téléphone n'a pas répondu.

Elle n'eut pas l'air troublée.

— À quelle heure ? J'étais là, pourtant.

Il avoua :

— J'ai appelé plusieurs fois.

Alors elle leva sur lui un grand regard surpris et innocent :

— J'étais là.

Il ne dit rien. Il ne la croyait pas. Mais comment discuter ? Il avait peur, aussi. Ce fut donc elle qui revint à la charge. Détournant son regard d'enfant, elle prit une mine boudeuse, furieuse :

— Tu n'as pas confiance ? Les hommes sont infects. Qu'est-ce que tu crois ? Que je mens ? J'étais souffrante, je te l'avais dit ! Je me suis peut-être endormie. Ou bien tu as fait un faux numéro. Ou je ne sais pas, j'ai peut-être branché la télévision trop fort.

Tout cela était possible. Mais cela faisait trop d'explications. Et, quand elle se renfrognait ainsi, on devinait la menteuse. Il soupira :

— Ce doit être cela…

Il était sûr, à présent, qu'elle était là, chez elle, la veille au soir, avec ce garçon suffisant qu'il avait croisé sur son palier. Il était sûr qu'elle devait avoir les mêmes gestes qu'avec lui, les mêmes mines, et un petit rire tranquille pour laisser sonner le téléphone…

Il y eut quelques minutes tendues. Il faillit lui demander qui était ce garçon, et insister, et la faire parler. Mais il se rendait compte qu'elle n'aurait, de toute façon, aucune peine à le berner. Il se tut et continua d'avancer avec elle le long de ces allées faites pour le bonheur. Il ne disait rien, paralysé par une jalousie désespérée.

*

Hélène, elle, n'avait guère été atteinte par cette escarmouche entre eux. Elle regardait autour d'elle, l'esprit très libre, et soudain, elle s'écria émerveillée :

— Oh ! Regarde !

L'air émerveillé allait bien à ses yeux candides ; mais son ravissement était justifié.

Il y avait à Bagatelle des statues exposées de façon provisoire au hasard des pelouses ; et des éclairages indirects avaient été prévus pour les mettre en valeur. Ceux-ci partaient de projecteurs placés un peu à l'oblique, dans le gazon, avec une forte lampe au centre et, sur le côté, une plaque de miroir. En plein milieu de la journée, ces appareils n'étaient pas allumés, mais le miroir légèrement oblique n'en était pas moins là. Et un des paons de Bagatelle venait de le découvrir.

Il était piqué là, juste en face, inquiet et stupéfait. Devant lui, juste devant lui, le regardant, il voyait l'image d'un paon semblable à lui. Il avançait la tête et voyait la tête, dans le miroir, se rapprocher d'un même mouvement. Il gonflait le cou : l'autre aussi. Alors, indigné de tant d'insolence et n'écoutant que la rage, il fonçait de toutes ses forces, le bec en avant. Et voilà que, dans un choc redoutable, son bec se heurtait à l'autre bec ! Le miroir sonnait sous le choc ; par miracle, il ne se brisait pas. Dolent et stupéfait, le stupide animal reculait d'un pas : l'autre aussi. La même parade recommençait, marquée d'hésitations et de frémissements furieux, puis le même choc, bec contre bec, quand il fonçait sur le miroir.

Les miroirs sont un problème pour beaucoup d'animaux : les petits chats, en particulier, mettent assez longtemps à comprendre qu'il ne s'agit pas d'un autre chat mais d'un leurre ; ils découvrent, subtils et méfiants, quoique fiers de leur audace, que l'on peut faire le tour de l'objet magique. Mais les paons sont trop orgueilleux pour être intelligents ; et celui-là risquait de s'y casser le bec, sans pour autant chercher ailleurs l'explication.

Hélène, ravie, s'écriait de sa petite voix claire :

— Il est idiot ! Regarde ! Il est idiot ! Il ne comprend pas que c'est lui !

Hélène, plus que personne, avait dû dès l'enfance pratiquer les miroirs comme une des priorités de la vie ; et elle n'en revenait pas de tant de sottise. Elle se tourna vers Benoît et fut déroutée de le voir si tendu et si concentré. Il regardait fixement.

Benoît avait soudain perçu la scène comme un avertissement et un symbole. Elle lui était destinée, par son sens même. Elle était signe et presque révélation. C'est pourquoi il avait le regard si fixe. La fureur du paon, les heurts et les douleurs qu'il s'imposait, ne venaient que d'une illusion : il n'y avait personne en face, pas de rival, du vide. Et tout à coup il lui semblait que l'image devenait mythe et prenait un sens pour tous : pour les hommes politiques, qui se jetaient au combat contre des doubles qu'ils s'inventaient, pour tous les protestataires, pour tous les jaloux…

Et lui, que faisait-il d'autre, que de s'inventer un rival ? Il le voyait, ce rival, sous les traits de ce garçon à l'air arrogant, qui peut-être ne comptait pas et n'était rien pour la petite Hélène. Il se le représentait prenant sa place auprès d'elle, avec les mêmes gestes — les siens ! Il lui prêtait ses passions, ses tendresses. Il le voyait, tel son double. Et c'était bien là ce qu'il ne pouvait supporter. Mais après tout, était-ce vrai ? Ces relations, qu'il inventait, pouvaient n'être qu'un double trompeur, offert par un miroir, contre lequel on vient se faire mal. Elles étaient peut-être, là aussi, l'effet de l'imagination, et d'une stupide illusion… Hélène était à ses côtés, pendue à son bras, visiblement sans arrière-pensée. Elle n'avait, elle, fait aucun rapprochement avec son récent éclat de jalousie. Elle n'y avait d'ailleurs même pas fait attention. Elle s'amusait, puérile et gaie… Peut-être avait-elle des amants. Peut-être non. Après tout, elle était si primesautière et si fraîche que c'était presque une garantie : elle devait se donner tout entière au présent ; et ce présent, aujourd'hui, c'était lui, et nul autre. Le moment qu'il vivait n'appartenait qu'à lui.

Comme on se forge des montagnes avec rien ! Et comme les doutes crèvent vite, à la façon des bulles de savon !

L'air est doux à Bagatelle. Il va être charmant de déjeuner sous les arbres avec cette petite fille aux yeux candides et divinement inintelligents. Il la regarda avec amusement : il n'avait jamais cru que l'inintelligence, sur un joli visage lisse, pût prendre une valeur à ce point aphrodisiaque.

Et comment lui, l'homme sage et peu entreprenant, a-t-il donc réussi à l'avoir ainsi toute à lui, pour aujourd'hui, pour cet été ? Ce petit démon au regard innocent, sa nymphette docile et secrète ; oui, elle avait tout accepté de lui. Et il se plaignait ?

— Petite Hélène, tu n'oublies pas le déjeuner ?

C'était la première fois que, dans la vie courante, il la tutoyait : jusqu'alors elle lui disait «tu» et il répondait «vous» — parce que c'était l'inverse de ce que leurs âges respectifs eussent pu suggérer, et parce que, peut-être, il avait trop de doutes pour la sentir à lui.

*

Quand — à tort ou à raison — on échappe à une inquiétude, on éprouve un grand calme, et une sorte de fierté victorieuse. Ainsi allait Benoît, protecteur et possesseur, dans le jardin aux fastes aristocratiques. Il avait su se conquérir une liberté. Il avait su s'attacher cette fille. Elle marchait à son pas, toute grâce et cheveux dorés. Nul ne viendrait la lui prendre au fond de ce jardin. Elle était, puérile et menue, sa jeunesse retrouvée — ou plutôt une jeunesse qui l'attendrissait de façon aiguë parce qu'il était assez âgé pour en découvrir enfin le charme ambigu. Il avançait, conscient de sa chance et, grâce à ce brusque retour sur lui-même, désormais sûr de ses droits. Il était même assez fier, malgré le risque du scandale, de penser que les visiteurs de Bagatelle sauraient qu'elle était à lui.

Peut-être est-ce pour cela que bientôt Hélène le retint, pour lui montrer un autre paon. Celui-là n'était occupé qu'à avancer d'un pas, puis à s'arrêter, jetant autour de lui un regard d'orgueil. Il commençait, sans être sûr d'aller jusqu'au bout, à déployer sa queue, pour se faire admirer.

Benoît s'arrêta, jeta lui aussi autour de lui un regard d'orgueil. Il trouvait l'intérêt d'Hélène pour ces oiseaux de Bagatelle tout à fait charmant. Il ne se rendait pas compte du petit sourire de sa jeune maîtresse. Tout à l'heure, il s'était reconnu aussitôt dans le paon qui se battait contre lui-même. Elle, elle le reconnaissait sans peine dans ce mâle fier de lui, qui pense être le centre du monde. Cela l'amusait de voir qu'ayant été si près de la vérité, avec ses soupçons de tout à l'heure, Benoît avait si facilement accepté ses dénégations. Elle le tenait bien, ce pauvre homme ! Il ne lui avait même pas posé de questions sur Fred, qu'il avait pourtant croisé sur le palier !… Les hommes étaient si sûrs d'eux. On pouvait tout leur faire croire…

Comme pour lui donner raison, le paon, alors, se décida. Il ouvrit largement sa queue, tachetée d'yeux qui s'ouvraient sans voir dans une orgie de bleu et de vert. Et il regarda fixement Hélène, attendant son tribut d'admiration. Sans y penser, comme tout le monde, elle le lui accorda ; elle dit :

— Comme tu es beau !

Benoît ne prit pas un instant ce compliment pour lui-même, bien entendu. Mais il sourit, content. Parce qu'il avait su choisir pour cette tendre petite Hélène ce beau jardin paisible, et ces oiseaux, et cette fraîcheur, il perçut cette exclamation comme un remerciement. Et d'une façon confuse et indirecte, il la prit pour un compliment qu'elle lui aurait adressé.

Il l'embrassa légèrement, dans les frisons blonds et murmura :

— Toi aussi.

Il avait l'impression charmante de lui retourner la politesse.

L'illusion peut aussi rendre heureux.

Mais les œufs de Pâques sont, d'abord, pour les enfants. À eux la joie de trouver, l'amertume de chercher en vain. Il y a des cachettes simples pour les plus jeunes.

Attention, pourtant, à cette joie et à cette amertume : leur cause peut être menue ; mais elles n'en dureront pas moins à travers Pâques et l'été, et à travers Noël, et toutes les années à venir.

# LE CADEAU

Pauline est la belle-mère de mon fils. Je ne la connaissais pas il y a un an, mais ce mariage nous a, par force, rapprochées, et plus encore la perspective d'une première naissance chez nos enfants : c'est à cette époque que, pour la première fois, je l'ai un peu connue et comprise.

Pauline est, en général, une femme résolue et pleine d'allant. Mais, ce jour-là, elle m'a surprise. Nous avions fait des courses ensemble, pour permettre à ma belle-fille de se reposer un peu et réunir à sa place le nécessaire pour le bébé à venir. Elle avait acheté une assiette à bouillie, qui n'avait rien d'un trésor ; et voilà qu'elle insistait, toute timorée : « Vous l'avez bien emballée ? La ficelle ne va pas lâcher ? » Elle qui est un peu plus jeune que moi avait soudain l'air, avec ses recommandations inutiles, d'une vieille dame. Cela ne lui ressemblait pas ; et je l'ai, je l'avoue, un peu houspillée : « Mais laissez donc, Pauline ! Ils savent faire les paquets... » Elle a légèrement rougi et n'a rien répondu. J'ai pensé que j'avais été impolie ; je l'ai regretté, puis aussitôt oublié.

Pauline, elle, ne l'avait pas oublié. Nous sommes montées chez moi nous défaire de nos paquets et je lui ai offert, comme il sied entre dames, une tasse de thé. Rien de plus conventionnel : il me semblait vivre une scène d'un roman anglais vieux d'un demi-siècle, et y tenir un rôle agréablement artificiel.

Je ne m'attendais pas à voir Pauline, soudain, se révéler. Comme à tâtons, elle commença son histoire. Ses yeux pâles se mirent à vivre. Et c'était si simple que j'en aurais pleuré.

Je n'ai oublié ni un de ses mots ni une de ses intonations. J'ai vécu son histoire avec elle. C'était une de ces rares fois — il y en a, pourtant — où, pour un instant, en surprise, un peu de vie se découvre et prend réalité.

Saurais-je trouver des mots assez simples ?

Pauline était fille unique. Elle avait perdu son père à l'âge d'un an. Elle vivait avec une mère, élégante et vaillante, qu'elle adorait. Rien que de parler de cette mère, un demi-siècle après, on voyait son visage s'éclairer de tendresse.

Pauline devait avoir dix ans quand l'histoire est arrivée («Oh! pas une histoire! rien du tout!... c'était juste...»). Oui, c'était juste l'anniversaire de sa mère qui s'apprêtait.

Un anniversaire, pour des personnes adultes, n'est guère qu'une corvée. Mais, pour les enfants, c'est un événement. Entre Pauline et sa mère, c'était à qui trouverait mieux, préparerait les cadeaux les plus beaux, et saurait le plus habilement en faire la surprise. On ne disait rien. On intriguait. On cachait des paquets dans des tiroirs secrets. Je sais bien par quelles émotions passent alors les enfants. Leurs yeux brillent malgré eux d'excitation : ils sont si fiers d'avoir réussi ! Et puis, parfois, la panique les prend : si l'objet était moins beau que dans le souvenir ? S'il était trop grand ? trop petit ? de couleur trop vive, peut-être ? Doucement on essaie, dans le silence du soir, de défaire un coin du paquet, pour voir, sans rien abîmer... Il faut pouvoir remettre le papier dans ses plis, la ficelle dans ses nœuds. Je le sais : je l'ai fait jadis pour mon petit garçon, devenu aujourd'hui le gendre de Pauline... Pourtant je ne l'ai fait pour personne d'autre.

Pauline le faisait pour sa mère, toujours. Et elle s'usait le cœur d'excitation à chacune de ces occasions.

Cette fois-là, pourtant, fut à part. Elle avait dix ans et elle était riche : un peu d'argent par-ci, pour s'acheter quelque chose, un peu d'argent par-là, pour fêter une bonne nouvelle. Elle n'avait jamais dépensé un sou de ce trésor, qu'elle recomptait de temps à autre, préparant longuement une action d'éclat. Elle ferait à sa mère, cette année-là, un cadeau élégant, on ne peut pas plus élégant.

Elle savait en effet que sa mère aimait un certain parfum, et en parlait comme d'une chose coûteuse et inégalable. Pauline rougit en me citant le nom, bien connu : c'était *Shalimar*, de Guerlain.

À dix ans, Pauline avait retenu le nom, et s'était renseignée sur le prix : elle aurait assez.

J'imagine la petite fille, réunissant toute sa résolution pour entrer dans le magasin, parmi les vendeuses bien habillées et protectrices — c'est-à-dire légèrement ironiques, n'y croyant pas, ne la prenant pas un instant pour une cliente. J'imagine son audace et sa timidité, et cette joie bondissante à comprendre que ce serait possible. J'imagine aussi sa façon d'imiter sa mère, en annonçant, de haut, qu'elle verrait et qu'elle reviendrait…

On ne la crut pas. Et pourtant elle revint. Mesure-t-on ce que c'est qu'un cadeau où l'on met la totalité de ce que l'on possède ? Se représente-t-on la fierté de l'enfant qui a retenu le nom, réuni la somme, trouvé le magasin, et qui sait qu'elle donne à sa mère ce que toutes les femmes de Paris apprécieraient ou envieraient ?

Cette fois, elle ne regarda pas le paquet : elle était sûre de lui. Elle le garda, caché au fond d'un cartable, lequel était caché au fond d'un tiroir.

On devine la suite ?

Oui, on la devine. Comme on devine le revirement brutal du destin qui, dans la tragédie grecque, abat soudain celui que l'espoir et la fierté soulèvent sur leurs ailes.

On l'a deviné, et c'est vrai. Le matin de l'anniversaire, la petite fille entra, frémissante de joie et de fierté, tenant à la main le cartable, pour que la surprise fût encore prolongée, et s'émerveillant peut-être que l'odeur tant appréciée fût perceptible à travers le cuir même. On l'a deviné : le flacon — le merveilleux flacon — était cassé.

La mère vit le regard de Pauline vaciller sous l'effet d'une consternation incrédule. Et vraiment c'était à ne pas le croire ! Elle avait rapporté le paquet avec mille égards, le serrant sur son cœur. Elle l'avait rangé, en un endroit protégé, bien à l'abri, et n'y avait plus touché. Il était impossible qu'elle l'ait heurté, à aucun moment : elle faisait bien trop attention. Qu'était-il arrivé ? Quel choc, dans le magasin ? ou dans la rue ? Dans ce tiroir, c'était impossible. À moins qu'un nettoyage imprudent de la femme de ménage… ou un coup de tonnerre. À moins que ce ne fût juste à l'instant, dans la joie de saisir son trésor?...

L'invraisemblance de l'accident ajoutait une note de stupeur au désastre lui-même. Elle ne dit rien que :

— Mais… Mais, maman, il est cassé…

Alors sa mère l'embrassa, la consola. Elle lui dit que sûrement il y avait un défaut dans le flacon et que, dans ce cas, une maison connue comme Guerlain remplaçait toujours l'achat :

— Toujours ! c'est certain, ma Pauline ! Le cadeau reste et il est merveilleux. Demain, j'irai et je te garantis qu'on me le changera !

— Tu… tu crois ?

Pauline n'osait l'espérer. Elle ne démêlait plus consolation et vérité.

— C'est qu'il y a presque une semaine.

— Cela ne fait rien, chérie ! Ils verront bien que le paquet est intact. Avec toi, ils essaieraient peut-être de te tromper ; mais je te dis, j'irai moi-même.

Pauline se méfiait. Si elle n'y allait pas, elle aussi, elle ne saurait jamais si c'était vrai, ou si sa mère voulait la rassurer. Et pourtant, déjà, elle me l'a avoué, elle préférait ne pas savoir.

Elle n'a pas pleuré. Elle avait le cœur qui pesait des kilos. Son regard fuyait ; ses mains tremblaient. Elle dit, très bas :

— Je me réjouissais tellement. Tu l'aimes, ce parfum, n'est-ce pas, maman ?

— Je l'aime plus que tous les autres, et tu es la plus gentille des petites filles. Demain, tu verras, j'aurai un flacon tout neuf et il me durera des mois. Tu sens, comme c'est un parfum agréable ? Je répandrai cette bonne odeur tout autour de moi, grâce à toi…

Pauline fit un pâle sourire : elle n'y croyait pas ; mais elle était touchée de la gentillesse de sa mère. Seulement, à partir de cette minute, elle aussi, elle fit semblant.

Elle fit semblant d'être rassurée, de participer à la joie d'un anniversaire sans tache, de ne plus se poser de questions. Elle était devenue une grande personne, qui cache sa peine, qui cache ses doutes.

Le lendemain, sa mère rentra avec un flacon de *Shalimar*,

pareil au premier, intact : Pauline leva les yeux pleins d'espoir et d'inquiétude.

Sa mère, elle le savait, aurait pu racheter un flacon équivalent et prétendre avoir obtenu le remplacement, pour effacer la déception qui avait été si dure pour sa fille. C'était possible ! Pauline, pourtant, n'osa pas l'interroger : si telle était la vérité, elle devait bien à sa mère, à son tour, de ne pas la décevoir. Elle fit donc un effort ; elle manifesta de la joie, du soulagement. Elle regarda, attendrie et pleine d'un poignant désir d'y croire, sa mère s'empresser devant son miroir et essayer le parfum en procédant ostensiblement aux rites : un peu derrière les oreilles, une touche au creux du décolleté… Pauline l'admirait, jugulant son incertitude. Elle aurait donné tout au monde pour savoir. Mais elle n'émit aucun doute. Dans la solitude et l'amour qui la dévoraient, elle comprenait, d'une façon cette fois sans appel, qu'elle ne serait plus jamais la petite fille qui dit tout…

Pauline méditait, quarante ans après, un toast entamé à la main.

— Et vous savez, me dit-elle tout à coup en me regardant avec de grands yeux étonnés : vous savez, j'ai vécu dans une étroite intimité avec ma mère pendant toutes ces années. Nous avons parlé de tout et de rien : nous étions si proches ! Mais jamais, jamais je ne lui ai demandé la vérité. Je ne la saurai jamais : à présent, elle est morte…

— Mais cela n'était plus si grave ; de toute façon, ce fut une belle histoire d'amour réciproque. Que l'on ait fait l'échange ou non, qu'importe ?

Pauline, alors, se referma :

— Vous avez raison, qu'importe ? Mais, vous comprenez, c'était le côté inexplicable de ce flacon brisé — comme si le destin pouvait vraiment se moquer de vous à ce point !

Je trouvai l'idée un peu enfantine. Pauline avait visiblement été si fort marquée par sa déception qu'elle en était restée à ses sentiments d'alors — à sa stupeur, à sa tristesse, à son doute. C'est pour cela qu'elle se méfiait, aujourd'hui encore, de tous les paquets, de toutes les ficelles — et de toutes les ruses d'un Ennemi aux voies mystérieuses. Depuis quarante ans, elle était restée l'enfant déçue qui découvre que tout peut, sans explication, s'effondrer et se briser, de façon sans doute irréparable.

Irréparable ? Elle ne le saurait jamais. Elle ne voulait pas le savoir. Pourtant, quand elle me quitta, un grand moment après, elle détourna soudain la tête et me demanda, avec une brûlante anxiété :

— Vous croyez, vous, qu'ils ont pu vraiment faire l'échange ?

Et, lâchement, j'ai répondu :

— Mais oui, pourquoi pas ?

Inutile de le dire : elle ne m'a pas crue.

*Dans tout jardin, si petit soit-il, il y a en général un banc de pierre. Sans dossier, un peu moussu, à l'abri de quelques lauriers, il est tout prêt pour les idylles et pour les ruptures. Il a entendu mainte et mainte promesse qui n'a pas été tenue. Il a vu couler des larmes pour des chagrins bientôt oubliés. Toute la vie n'est-elle pas faite, une fois l'enfance abolie, d'amours heureuses ou malheureuses ?*

*Peut-être, du côté du banc, trouvera-t-on des œufs de Pâques aux couleurs iridescentes comme les chassés-croisés de l'amour ? Mais, rassurez-vous : rien de cruel ni de violent n'y paraîtra ; il ne faut ni casser les œufs, ni faire de scandale pour la fête de Pâques.*

# JUSTE UN PEU PLUS LOIN

Ils étaient huit garçons et filles, embarqués pour une balade de la semaine dans un vieux minibus; et ils s'étaient trouvés bloqués pour vingt-quatre heures à Bierville-les-Fossés, car leur minibus avait coulé une bielle. Des couples, aussitôt, se formèrent. Vic et Béa partirent pour une petite marche.

Vic avait repéré sur la carte Michelin une région marquée en vert, qui semblait assez proche : une forêt, sans doute; on apercevait même un genre de petit lac, sur lequel ils interrogèrent l'hôtelier; le lac semblait exister : il s'appellerait «la mare aux alouettes».

— Mais c'est une trotte, observa l'homme.

La remarque ne les arrêta pas : tous deux savaient combien ceux qui n'ont pas l'habitude de marcher s'effraient de quelques kilomètres à parcourir. Il faisait un temps d'été. Ils partirent pour la mare aux alouettes.

«Alouette, gentille alouette!...» Ils n'avaient pas encore vingt ans, ni l'un ni l'autre. Et ils n'étaient pas indifférents l'un à l'autre.

*

Ils gagnèrent la porte de la ville, dans un grand bruit de camions, mais, très vite, leur route se sépara de la nationale. Vic avait la carte à la main. De temps en temps, il vérifiait, en guide averti : il avait eu l'initiative de la promenade et se sentait le chef responsable. Cela se voyait, d'ailleurs : avec sa grande taille et son visage mince, auréolé de cheveux en désordre, il marchait comme un homme qui entend forger son destin. Sans doute rêvait-il aussi, en secret, une scène d'amour au bord de l'eau : Béa l'avait suivi avec une docilité prometteuse.

Il jeta un coup d'œil de côté : elle l'intimidait, malgré tout. Sans doute, elle jouait le jeu : elle était, comme eux tous, mal ficelée et sans coquetterie. Son blue-jean était vieux, sa chemisette sans prétention ; mais son visage lisse et son teint d'abricot semblaient des fruits rares, cultivés dans des serres d'aristocrates. Et c'était la vérité : Béa était une gosse du XVIe, c'est-à-dire des beaux quartiers. Elle avait cette fraîcheur directe de ceux qui n'ont pas connu la gêne ; et l'on ne savait pas très bien où se faisait la coupure, entre son innocence et son expérience. Une scie avait été imaginée pour elle, en classe : « Béa, connais-tu le B-A, Ba ? » Victor avait un peu peur qu'elle ne le connût pas vraiment. En même temps, il n'aimait pas l'idée qu'elle le connût trop bien. Il ne l'avait embrassée qu'une seule fois ; et elle s'y était prêtée avec tant de douceur qu'il avait l'impression de commettre une indiscrétion rien qu'en y pensant. Cela ne l'empêchait pas d'y penser. Et il aurait bien voulu savoir si elle aurait la même douceur quand ils seraient, tout à l'heure, étendus à l'ombre, au bord de la mare aux alouettes… Il l'espérait. Il en doutait. Et cela l'énervait plus qu'il n'eût voulu.

Le début de la route était désolant. Un trottoir sans ombre, fait de ciment inégal, longeait indéfiniment des H.L.M., en plein soleil. Et, dans ces H.L.M., aucune vie ne se manifestait : on était en semaine, à trois heures de l'après-midi, et tout le monde devait être au travail. Mais, au lieu d'être reposant, ce silence était écrasant. On aurait dit une ville abandonnée à la suite d'une épidémie. Les immeubles se suivaient l'un l'autre, identiques, comme des casernes désaffectées. Pour tenter de les arracher à cette hallucinante similitude, on les avait peints en des couleurs malsaines, tantôt mauves et tantôt orange ; et on les avait dotés de noms qui semblaient ironiques, comme «Les glycines», «Les pervenches», «Les treilles» ; on aurait dit que ces noms étaient destinés à souligner l'absence de toute glycine, de toute pervenche, de toute treille…

Béa s'arrêta et soupira :

— Que ce doit être moche, d'habiter là !

C'était une évidence. Mais Vic se sentit un peu blessé. La remarque lui rappelait aussitôt que Béa avait dû grandir dans le cadre confortable d'un intérieur bourgeois, et sans doute élégant. Il avait, lui, été élevé dans un modeste appartement de Vanves, dans une maison sans ascenseur, ni lave-vaisselle, ni baignoire encastrée. Il avait fait tous ses devoirs, jusqu'à cette année encore, sur la toile cirée de la table de famille, dans la salle à manger, en débarrassant ses affaires pour chaque repas.

— Ils aimeraient mieux loger ailleurs, grogna-t-il.

Cela aurait pu être l'occasion d'un de ces débats d'ordre social, âpres et traditionnels chez eux tous, si Béa n'avait levé vers lui ses grands yeux d'un bleu sombre, en expliquant :

— Je m'en doute ! Mais cela pourrait être moins laid.

Le débat social était évité ; mais Vic fut, ici encore, malheureux, et de façon plus vive : la promenade était laide, de toute évidence ; « sa » promenade était laide. Il se sentit diminué et laid lui-même.

— Ce n'est pas beau, reconnut-il, hostile.

Et il coula vers elle un regard inquiet : allait-elle, pour finir, quand ils auraient atteint le lac, prendre des airs de princesse et le laisser tomber ? Elle en était capable, sortant d'un milieu si différent ! Mais elle n'avait pas l'air d'une princesse, en ce moment. Il vit son visage lisse et doré tout marqué par la sueur. Et il vit son cou fragile, son cou de petite fille, qui, au ras de la chaînette, brillait de longs sillons humides.

À cette vue il sentit une brusque bouffée de pitié, mêlée de désir : il eût voulu essuyer du doigt, des lèvres, cette rigole humide qui la lui rendait si proche. Il faisait lourd. Elle ne se plaignait pas. C'était une bonne gosse.

— Ce sera mieux tout à l'heure, promit-il.

Ce ne fut pas mieux. Après les H.L.M. venait une usine — un long bâtiment de brique avec deux hautes cheminées, crachant une fumée blanchâtre et lourde. Un grillage élevé bordait l'usine sur au moins cinq cents mètres. Et un ronflement sourd faisait vibrer l'asphalte chaud sous leurs pieds.

Ils se regardèrent et s'arrêtèrent.

— Tu es sûr que c'est par là ?

— Nous n'avons pas vu d'autre route…

Ils cherchèrent des yeux et avisèrent un gardien à une des portes de la grille. Ils allèrent lui demander si le petit bois était bien par là — le petit bois et la mare aux alouettes. L'homme était mulâtre ; il les rassurait.

— C'est juste un peu plus loin, dit-il.

Ils repartirent dans le soleil, las et choqués : on n'a pas le droit de saccager ainsi un paysage, pensaient-ils chacun de son côté. Mais ils ne dirent rien.

Enfin, la longue grille fut longée jusqu'au bout. Elle était suivie d'un petit terrain vague et de maisons misérables, autour desquelles jouaient des enfants. Vic et Béa passèrent sans rien demander, vaillamment.

Ce fut quand ils virent le dépôt d'ordures que le cœur leur manqua. C'était un grand terrain accidenté, sur leur gauche, avec des amas de ferraille rouillée qui traînaient en désordre, des sacs en plastique qui voletaient, et des foyers éteints qui dégageaient lentement des restes de fumée malodorante. La chaleur des feux mal éteints s'ajoutait à celle du soleil d'orage. Et l'endroit sentait très fort le caoutchouc brûlé.

Brusquement, ils s'arrêtèrent. C'en était trop.

— Comment peut-on traiter un pays ainsi ?

— C'est honteux ! On comprend les écologistes !

— Tu te rends compte ? Trois quarts d'heure que nous marchons, et ce que nous voyons !

Mais l'indignation augmentait leur amertume et ils ne savaient plus à qui ils en avaient. Au gouvernement ? À la génération d'avant ? Ou bien elle à lui, lui à elle ? La promenade était un désastre. Ils avaient chaud. Elle avait un pied écorché. Il se disait que jamais, après cette équipée, elle ne voudrait l'accepter. Et il lui en voulait âprement de ce refus qu'il n'avait pas encore essuyé.

— Est-ce que l'on continue quand même ?

— Tu crois que c'est loin ?

Ils aperçurent un vieux type qui fouillait dans des rebuts et l'interrogèrent. Exactement comme le précédent, il fit un geste vague :

— Le bois ? Oh ! C'est juste un peu plus loin.

Ils marchèrent encore une heure, ou presque. L'affaire tournait au cauchemar. Cadavres de voitures, panneaux-réclames, une autre usine, puis deux immenses constructions publicitaires, représentant, l'une des bouteilles factices et géantes, l'autre une voiture en train de déraper sur une corniche vertigineuse ; et puis, enfin, un autre îlot de tristes H.L.M.

Il y avait longtemps qu'ils avaient renoncé à se réjouir, et même à s'entendre. Ils s'étaient querellés sur la date de la carte Michelin, qui les avait trompés, sur la responsabilité des divers partis politiques, sur la probabilité qu'il existe un car. Pour finir, elle avait cessé d'intervenir : boudeuse, ou épuisée, elle avançait en boitillant, les yeux au sol. Il était, lui, désespéré.

C'est ainsi qu'ils échouèrent assis par terre, à l'ombre d'un arbre maigre et isolé, en principe pour une halte, mais bien certains de ne plus chercher à aller «juste un peu plus loin». La carte Michelin était vieille de cinq ans ; les hommes étaient passés par là. La terre était inhabitable, la vie sans issue et la solitude irrémédiable.

Victor prenait tout à coup conscience qu'être le premier en classe est facile, mais qu'une fois sorti de la classe, on n'a plus les mêmes chances ; du coup, tout devenait noir : pas de métier, plus même de loisir possible... Et qu'était-il allé penser, en s'imaginant que cette gamine conciliante le serait toujours ? À présent elle était morne, repliée sur elle-même, sans doute pleine de rancune.

— Qu'est-ce qu'on fait ? demande-t-il sans la regarder.

Elle hausse les épaules.

— Je ne fais plus un pas. Plus sur cette route. Plus aujourd'hui. Je ne peux plus.

— Alors je vais tenter de trouver un camion qui nous ramènera. Il en passera bien un à un moment ou à un autre.

Il se lève, furieux, et va se poster sur la route. Ce n'est pas la journée qu'il avait prévue. Et cette gamine sans ressort n'est pas non plus celle avec qui il avait rêvé d'avoir une après-midi à l'ombre des vieux arbres au bord de l'eau. En plus, il la déteste d'être la spectatrice de son échec et de sa honte.

\*

Il ne passe aucun camion, bien entendu. Entre les paupières mi-closes, Béatrice regarde la silhouette trop grande du garçon qui guette.

Que fait-elle là, avec lui, au bord de cette route abandonnée ? Si au moins il se souciait un peu d'elle ! Les larmes lui viennent aux yeux. Elle n'aurait pas dû venir.

Elle a ôté ses souliers, s'est essuyé le visage avec un pan de son chemisier et, parce qu'elle est si déçue de tout, il lui vient une nostalgie des vacances avec ses parents, de la voiture, des vêtements propres… Depuis le début, elle s'est sentie désadaptée dans ces vacances collectives.

Elle avait pourtant été si contente de ces quelques jours avec Vic. Elle avait espéré… Ah ! s'il fallait en juger d'après son amertume en cette après-midi de désarroi, elle avait dû espérer beaucoup… Eh bien ! Le sort était contre elle, il fallait l'accepter. Elle regarda la silhouette au bord de la route, continuant en vain son attente. Et cela l'attendrit de le voir ainsi. « Pauvre Vic ! » murmura-t-elle.

Les rôles seraient-ils inversés ? D'habitude, il l'intimidait. Forcément : il était si intelligent. Toujours premier, sans effort ! Et puis, il connaissait tant de livres. Le professeur de philosophie avait lu tout haut deux pages d'un de ses devoirs. D'ailleurs il avait des idées à lui, violentes parfois, mais vives et fortes ! Elle-même, elle ne savait pas souvent que penser. Et, auprès de lui, elle avait toujours peur de dire une sottise.

Elle avait espéré que ce voyage, que cette journée… Elle n'aurait pu dire ce qu'elle avait espéré, mais il était dur d'y renoncer. En plus, il y avait eu ce baiser, l'autre jour… Elle se sent, au total, le cœur très lourd.

De toute façon, ces paysages détruits et enlaidis qu'ils ont traversés sont bien l'image de la vie. Qui, jamais, démolira ces H.L.M. ? Qui rasera ces usines ? Personne, évidemment ! Il est trop tard. De même, entre elle et Vic, il est trop tard. Elle a pourtant joué le jeu. Elle s'est prétendue désireuse de marcher. Elle a peiné sur cette route affreuse. Elle ne s'est pas plainte. Elle a attendu, cru en sa mare aux alouettes — en son miroir aux alouettes, plutôt ! Il ne l'a même pas remerciée de sa patience. Il faut dire qu'il est parfois si rude...

Elle le regarde de loin, comme pour dire adieu aux espérances évanouies. « Pauvre idiot ! » murmure-t-elle. Il ne passera jamais de camion.

Et voilà que tout bascule. De l'avoir un instant méprisé et quitté, de l'avoir traité d'idiot, lui, le phénix, lui inspire soudain une pitié presque insoutenable. Elle voit, à sa façon de se tenir là-bas tout seul, que, lui aussi, il est déçu, et qu'en plus il est vexé et que sûrement il est malheureux. Elle se rappelle la façon dont il reprenait confiance, chaque fois que quelqu'un leur disait : « C'est juste un peu plus loin... »

Maintenant, elle y voit clair. Elle n'a pas été gentille, pas assez. Elle a cessé beaucoup trop tôt de croire à sa forêt. Elle a été une petite jeune fille comme il faut, pas une amie, pas son amie. Et ces mots qu'ils ont trop entendus (« C'est juste un peu plus loin ») lui semblent à présent désigner le vrai amour, qui exige toujours un peu plus. Elle peut : elle peut aller un peu plus loin — pas dans la promenade, mais dans la vie. Et c'est maintenant ou jamais.

Elle se lève et, blessant ses pieds nus aux brindilles du terrain, elle court jusqu'à lui :

— Vic, dit-elle, écoute...

Il se tourne vers elle, tend le bras, puis hésite.

— Il n'y a pas de camion, dit-elle. Reviens !

— Mais...

— Mais quoi ? Il y a de l'ombre, là-bas. On se fiche du lac. Il n'y a pas de lac : qu'est-ce que cela fait ! quand on rentrera, il fera frais...

Vic reste saisi devant la gentillesse soudaine de son amie. Et devant son courage, aussi. Elle est venue à lui, malgré tout ! Du doigt, il écarte une des mèches décoiffées de Béa ; il lui lisse les tempes, intimidé. Il voudrait lui dire des choses merveilleuses. Et lui, l'as en littérature, il murmure :

— Je... T'es une chic fille.

Le bonheur entre eux éclate en fanfare. On peut changer le monde après tout — entre soi, au moins...

*

Ils avaient l'air si contents et si tranquilles en rentrant, le soir, à Bierville-les-Fossés, que leurs compagnons conçurent une haute idée de la mare aux alouettes. Peut-être en parlèrent-ils à d'autres. Toujours est-il que, depuis lors, la zone verte est restée verte sur la carte Michelin.

# PROFIL PERDU

Éric Jeanson était seul à sa table, dans la salle à manger de cet hôtel de bord de mer, non loin de Cannes. Il avait été appelé dans cette ville par ses affaires ; et il en avait profité pour s'offrir deux jours de bains et de repos : c'était septembre, l'époque où la Côte redevient habitable.

Le seul inconvénient est qu'il se sentait un peu bête d'être là, tout seul, dans cet hôtel de vacanciers installés pour longtemps, en famille. La veille au soir, en particulier, on lui avait indiqué une table pour deux, en face d'un couple avec deux enfants. « Monsieur est seul ? » On avait ôté le couvert avec un empressement discret, comme s'il s'agissait d'un deuil ; et on l'avait laissé à la contemplation de Monsieur, Madame et les enfants, épuisés par la mer et le regard vide. Que faisait-il là, tout seul ? Il aurait dû emmener Françoise, qui aurait sauté sur l'occasion. Ou bien il aurait dû aller dîner ailleurs, dans un bistrot un peu plus joyeux. Mais le sort en était jeté. Après tout, il ne s'agissait que de deux jours, et il n'avait pas grande envie de compagnie.

La surprise arriva le second jour.

Ou, plutôt que la surprise, l'émerveillement, le ravissement, l'enchantement.

Quand il se présenta pour dîner, dans cette triste salle à manger, la table située en face de la sienne était déjà occupée, mais par d'autres que la veille. Ils étaient deux, très jeunes, probablement en voyage de noces, indiscutablement italiens. D'ailleurs les Italiens commençaient à arriver sur la Côte ; et cela était charmant de les voir.

Éric ne pouvait pas ne pas regarder ce couple : sa table se trouvait perpendiculaire à la leur et lui offrait, à deux ou trois mètres de distance, leurs deux profils. Mais il n'aurait pas pu, de toute manière, s'empêcher de les regarder ou plutôt de la regarder, elle.

Jamais il n'avait vu une femme si fine, ou si gracieuse. Tout en elle était parfait. Elle portait un petit vêtement noir, tout simple — veste ou châle, il ne savait pas au juste. Cela, en tout cas, lui enveloppait les épaules à la façon des châles que portent les vieilles femmes d'Italie. Et cela enserrait de près un buste délicat de jeune fille, laissant les bras nus, et faisant ressortir la délicatesse d'une peau mate et tendre comme on n'en voit pas en France. Ce n'était pas qu'elle fût bronzée : l'ocre pâle de son visage était le même aussi bien au creux du cou, aux oreilles ou au front. Il ne comportait ni rougeur naturelle, ni fard d'aucune sorte.

Son visage (qu'il voyait de profil) était doucement penché, sous une masse de cheveux aussi noirs que son vêtement. Elle avait de longs cils tendres, un nez très légèrement busqué : un nez d'aristocrate, pensa Éric.

Et puis elle était si jeune — dix-huit ans, peut-être moins ! Ce qui n'empêchait pas une aisance discrète dans les gestes, comme de quelqu'un qui a un long usage du monde. Elle avançait la main pour prendre son verre, et le poignet paraissait mince au point d'être fragile. Une fine gourmette d'or l'enserrait ; et les doigts menus portaient plusieurs bagues. Ce poignet se pliait d'un mouvement léger, princier, pour prendre le verre.

En la voyant, on pensait aux portraits italiens des siècles passés. On imaginait des châteaux, des musiques, de grandes pièces sombres où la beauté se cultive à l'ombre, pour sortir un beau jour dans l'éclat des candélabres et des bijoux. On imaginait la pierre précieuse parant le front, les décolletés plongeants laissant deviner de petits seins haut placés. On imaginait les prélats, les mains à baiser, et les poèmes d'amour sur des terrasses fleuries de jasmin et d'héliotrope. On imaginait les traces étrusques et romaines, médiévales, ou fleuries par la Renaissance, puis les châtelains appauvris mais fiers dans leurs domaines piqués de cyprès. Tout cela se voyait dans la grâce de la jeune femme au fichu noir et aux bijoux d'or. Éric la couvait des yeux : elle était pour lui la confirmation de tout ce que les vieilles civilisations peuvent apporter de raffinement, avec la patine des siècles.

Pourtant, elle n'était ni trop apprêtée, ni trop fière. Ce visage penché, au profil exquis, semblait sorti d'un tableau ancien ; mais, par moments (pour le maître d'hôtel, par exemple, et c'est ainsi qu'Éric pouvait en recueillir la lumière), il s'éclairait d'un sourire d'enfant, joyeux et léger, vivant en tout cas !

Comment peut-on, se demande Éric, le cœur battant, vivre avec une créature pareille, lui parler, la toucher, la voir dormir ? Comment, mon Dieu, ose-t-on la caresser ? Comment même prendre ce poignet si fin entre ses doigts, le retourner, y poser ses lèvres ? Il est ému, et ce qu'il ressent n'est pas du désir : devant la perfection, on ne peut ressentir qu'une adoration incrédule.

Comment croire qu'elle existe bel et bien ? Comment croire qu'elle vit avec un homme — avec cet homme ?

Que ce soit un voyage de noces rend la chose plus étonnante encore : elle est si à l'aise, cette jeune princesse ! Elle sait si bien se comporter à table ! Elle sait si bien écouter et répondre...

Or, lui, il est affreux (pense Éric). Il est gros. Il est lourd. Italien aussi, de toute évidence, mais si peu aristocratique ! Il porte une chemisette orange, à manches courtes (le soir !) ; et des bras agressivement musclés sortent avec indiscrétion de cette chemisette. Même son visage est trapu. On dirait un athlète. On dirait un taureau. Ses sourcils noirs se rejoignent presque. Sa nuque est puissante, son menton est fort. Une sourde horreur monte au cœur d'Éric.

Il voudrait se forcer à les imaginer ensemble : la main gracieuse sur le gros cou, sur les gros bras, sur ce corps envahissant... Comment peut-elle ? Par quel moyen a-t-il réussi à la conquérir ? Rien en elle n'exprime le dégoût ou le malaise. Elle doit accepter — elle, la princesse — les caresses de ce jeune mari, impatient et indigne. Elle lui parle, lui sourit : sortie de quelque vieille demeure d'Ombrie ou de Toscane, n'a-t-elle donc que des goûts vulgaires et grossiers ?

Éric se raisonne, plaide pour elle. Il tente de reconnaître dans le jeune mari un de ces athlètes à l'antique, dont les gros muscles nous choquent parfois mais qui ont dû jadis inspirer l'admiration. Il essaie en pensée de le supposer fort et doux, héritier, à sa manière, de ces races anciennes, chez qui les femmes d'un certain milieu vivent au-dedans, comme des plantes rares, tandis que les garçons pratiquent le sport ou la palestre. Malgré tout, le désaccord physique entre ces deux êtres le choque, l'oblige à imaginer sans cesse leurs rapports intimes, et éveille par là même en lui une âpre jalousie.

Il tente de regarder ailleurs ; mais elle correspond si parfaitement à son rêve qu'à chaque instant il lui faut vérifier si vraiment la courbe de son cou, l'oreille, les doigts fuselés sont aussi délicats qu'il les a vus. Et puis il aimerait entendre quelques mots, saisir le chant de l'italien prononcé par cette bouche. Car il aime l'italien, aussi. Et il aimerait deviner dans quelle partie de l'Italie se situe la très vieille famille dont elle est issue, et qui lui a appris ces ravissantes manières. Sans cesse, il revient à elle. Comme elle est parfaitement élevée, elle fait celle qui ne s'en aperçoit pas. Il est en adoration. Il ne mange presque rien. Il la regarde.

*

Après le dîner, naturellement, il alla rôder au bar, et lier conversation avec le barman. Il ne la reverrait jamais ; c'était une affaire entendue ; mais il lui fallait savoir quelque chose d'elle ; à tout prix.

Pauvre Éric ! Ce fut très facile : au deuxième cognac, le barman était un ami ; mais ses propos furent un coup dur.

Elle n'était pas italienne, mais française. Elle n'était pas aristocrate, mais fille d'une marchande à la toilette, de Marseille. Elle n'était pas mariée, mais le garçon (qui, lui, était d'une bonne famille marseillaise, possédant des affaires solides) s'offrait la petite de temps en temps, ici ou ailleurs.

— Il faut bien que jeunesse se passe, n'est-ce pas, Monsieur ?

— Mais…, dit Éric.

— Oui ?

— Mais elle a l'air tellement italienne !

— Ah ! Monsieur, ce n'est pas si rare à Marseille ! Elle a

peut-être du sang italien; mais elle est de Marseille. Et, si vous lui parliez, croyez-moi, cela s'entend!

— Alors, je ne lui parlerai pas, dit Éric.

Il glissa un billet au barman et partit. Il ne demanda ni le nom ni l'adresse : il les aurait eus sans problème.

Il sortit sur le perron de l'hôtel et regarda la mer. Il était triste.

Il est doux d'être triste, le soir, devant la mer. La mer aussi est belle, sous la lune. Et bientôt les choses se remettent en place. Les vérités remontent, et la paix du soir vous souffle la sagesse.

«Après tout, se dit Éric, qu'est-ce que cela fait?» Il n'avait jamais voulu arracher la jeune femme à son lourdaud d'amant. Il l'avait admirée — oh! tellement! Mais pourquoi pas? Elle pouvait avoir du sang italien. Elle pouvait descendre, de façon officielle ou officieuse, d'une vieille famille d'Ombrie ou de Toscane. Elle pouvait, née à Marseille, reproduire exactement le modèle ancien : cela se voyait parfois. Et même les manières, et les gestes; on citait bien des cas. Et il avait, en l'occurrence, le témoignage certain de ce qu'il avait vu. Simplement, parce qu'elle était née à Marseille de gens modestes, elle avait dû se contenter de ce gros garçon sans ancêtres et sans beauté. Heureusement, elle n'avait pas eu à l'épouser...

Éric regardait la mer, toute calme sous la lune, et lui aussi se rassérénait. Peu lui importaient les ragots du barman et peu lui importait même la petite Marseillaise aux gestes délicats et à l'accent inconnu. Derrière elle, il entrevoyait ceux à qui elle ressemblait, la beauté, celle des tableaux, celle des matins sur la campagne romaine, celle des tailles souples des filles et des châteaux dans le lointain. Il lui semblait que jusqu'à cette rencontre il avait comme oublié la beauté. Et il savait déjà que, désormais, il ne l'oublierait jamais.

*

Ses amis furent un peu surpris quand ils le virent, successivement, à son retour, rompre avec Françoise, demander son changement pour les bureaux de Rome, et dire adieu à tout le monde, comme s'il partait définitivement. Il avait le regard lointain, l'air absent. Il n'expliquait rien.

Un jour, cependant, un vieil ami lui demanda :

— Dis-nous la vérité, Éric : que t'arrive-t-il ? Pour qui pars-tu ? Tu es amoureux ?

Éric sourit, comme on sourit aux anges :

— Oui, en un sens, c'est cela…

— D'une Italienne ?

Et soudain Éric se décida. Avec force, il répondit :

— Oui, d'une Italienne. Une merveilleuse fille, d'une très vieille famille. Je l'ai rencontrée dans le Midi. Elle était toute jeune et menue, avec un port de tête, mon vieux, si tu savais ! Elle marquait dans chaque geste des siècles de civilisation.

— Mais pourquoi dis-tu « était » ? Tu vas la retrouver ?

Éric parut se réveiller d'un rêve, mais il n'hésita pas :

— Oui, dit-il. Oui, je vais la retrouver. Du moins, plus rien d'autre ne compte. Je pars sur ses traces…

L'ami trouva cela bizarre, mais n'osa pas interroger davantage.

Éric n'est jamais revenu en France et ne s'est jamais marié. Tous ceux qui l'ont revu assurent qu'il semble très heureux et qu'il a sûrement un secret dans sa vie.

Il n'est pas certain qu'une fille puisse en tous points reproduire une aïeule inconnue, mais il est certain, en tout cas, qu'une rencontre de quelques minutes avec la beauté peut vous changer le cœur pour jamais.

# FATIGUE

— Que je suis fatiguée, murmura Gervaise. Bon Dieu, que je suis fatiguée !

Elle se leva et alluma une cigarette. Ses yeux brûlaient. Son dos lui faisait mal. Et les chiffres tournaient dans sa tête. En ce samedi après-midi, seule chez elle, elle n'avait pas cessé, pendant plus de trois heures, de calculer, de compulser, de pointer. C'était trop : elle ne pouvait plus.

Elle alla à la salle de bains et se mouilla le front d'eau de Cologne, puis elle revint s'affaisser sur son lit, pour quelques minutes. Comme elle avait été stupide, de se charger de ce travail supplémentaire, qui ne lui rapporterait rien ! Sans doute était-ce une chance pour les H.M.C. qu'elle ait accepté : on devait attribuer six nouveaux logements lundi matin et les bureaux avaient pris du retard. Il fallait donc à tout prix classer les deux cent dix dossiers d'ici lundi, en faisant une moyenne des revenus, du nombre de personnes, de l'ancienneté des demandes, ainsi que des recommandations ou avis divers, traduits en points. Il y avait aussi des coefficients, des retenues, et des plus-values à faire pâlir le fisc d'envie.

Elle avait été stupide de s'en charger ! Qu'en tirerait-elle ? L'estime de son chef lui était acquise depuis longtemps ; et, à cinquante-trois ans, elle ne pouvait plus, de toute façon, briguer ni avancement ni augmentation. Elle s'était prise, une fois de plus, dans le vieux piège des responsabilités toujours assumées — comme si elle n'avait pas terriblement besoin, elle aussi, de son repos hebdomadaire.

Et puis c'était plus long qu'elle n'aurait cru.

À présent, ses yeux sont rouges et la piquent : la sensation est celle que donneraient des larmes cherchant à jaillir ; et elle entraîne l'espèce de désolation qui justifierait ces larmes. Aussi, peut-on être bête à ce point ? Si au moins ce travail avait un sens ? S'il aidait à mettre dans ces attributions de logements un peu plus de justice ! Mais ces dossiers et ces chiffres ne comportent pas de justice. Qu'est-ce que deux enfants ou quatre enfants ? Si les premiers sont nerveux et mal portants, ils ont beau être moins nombreux, la charge est plus lourde. Sans compter que transformer en chiffres les recommandations ne saurait être qu'arbitraire ! Autrefois, oui, Gervaise recevait les divers candidats et parlait avec eux. Elle aimait cela. Elle avait alors un sentiment d'utilité.

Et pourtant, se rappelle-t-elle, ces entretiens étaient bien épuisants aussi. Qui sait si maintenant, alourdie par l'âge et lassée de faire attention, elle aurait encore la force de s'intéresser et d'écouter comme elle avait fait autrefois ? Rien que d'être assise à sa table, avec ses vieilles pantoufles, elle a les jambes si lourdes, les pieds si gonflés, les chevilles si douloureuses !... Mûre pour la retraite, la bonne Gervaise ! Et bientôt mûre pour le cimetière !

Doucement, elle masse ses chevilles. Mais tendre le bras éveille une douleur vers l'omoplate. Quel débris elle est devenue ! Elle se souvient de l'époque où elle est venue s'installer dans ce petit appartement, après la mort du pauvre Fernand. Elle était encore dans l'épanouissement de la trentaine — pas belle, non, mais saine et forte, et pleine d'allant. Elle pouvait plaire encore. Elle avait su qu'elle ne souffrirait pas de la solitude : après ces deux années de soins donnés à un mari de moins en moins valide, elle avait accueilli la solitude comme un domaine vierge dont on lui aurait remis les clefs. Et elle s'était mise à la tâche avec entrain. Elle avait très vite trouvé cet emploi aux H.M.C. Elle en avait aimé les responsabilités. Une jeune femme dévouée, prête à aider les autres, loyale. Elle avait alors, on le lui avait dit souvent, un beau regard...

Plus de vingt ans avaient passé, et qu'avait-elle fait de cette indépendance ? Qu'avait-elle fait de ce beau regard ? Elle avait échangé son corps vaillant d'autrefois pour cette masse de chairs douloureuses, écrasées sur ce lit. Et son esprit résolu d'antan l'avait conduite à s'user les yeux sur des dossiers, une calculette à la main, pour des répartitions faites en aveugle et sans doute injustes. Sa vie se conjuguait maintenant au passé. Elle s'était tout bonnement tuée de fatigue pour une occupation absurde, qui ne servait à rien.

Gervaise étend les jambes, ferme les yeux. C'est un fait : elle ne peut plus supporter trois heures de suite sur ses dossiers. Elle ne vaut plus rien. Elle est finie. Deux larmes perlent enfin sous ses paupières baissées : on peut pleurer de fatigue, avec le cœur perdu. Cela arrive.

\*

Fatigue… C'est comme une paralysie de tout ce sur quoi, d'ordinaire, on peut compter : vient d'abord, dans la tête, ce brouillard, qui grippe les enchaînements, empêche l'attention et vous frappe de timidité : « Je vais me tromper. Je ne peux plus. » On refait les calculs. On s'est trompé. On n'arrive même plus à comprendre où et en quoi l'on s'est trompé. L'on se crispe, alors, et tout se passe comme si une roue se mettait à tourner à vide, sans que l'on puisse la maîtriser. Ce coefficient ? Pourquoi ce coefficient ? Comptera-t-il en plus, ou en moins ? Tout comme on bute sur un mot connu, qui est là, au bout de la langue, et qui ne vient pas, remplacé soudain par un vide inexplicable, de même on ne trouve plus la raison de ce que l'on est en train de faire. La connexion ne se fait plus. On force tant que l'on peut. On se force. Mais en même temps on est épouvanté de devoir se forcer et d'être trahi par ses propres moyens. L'angoisse que l'on ressent vous rend alors plus maladroit encore : « Je vais me tromper, je ne peux plus… »

Et si ce n'était que l'esprit ! Mais les yeux lâchent aussi : les lignes dansent, il faut un effort conscient pour accommoder. L'encre paraît pâle, trop pâle. Les mains, de même, se font maladroites : on pose, on lâche, les papiers glissent…

Le tout se mêlant, on perd pied. « Où est donc ce papier ? Je le tenais à l'instant ! J'ai dû le laisser dans l'autre dossier, qui est… Non, ce n'est pas celui-là… » Fatigue ! Fatigue !

C'est pour cela que l'on a mal, mal partout : les muscles ne se détendent plus, parce que l'effort d'attention est trop grand. La digestion se fait mal, parce que l'on est crispé. La nuque… « Mon Dieu, ma nuque ! » gémit Gervaise, pourtant à plat sur son lit.

Et tout à coup il lui semble que jamais plus son corps ne redeviendra vraiment souple.

On voudrait être étendue à la lisière du sable et de la mer, se laisser aller, se laisser pousser et tirer, comme un objet à l'abandon. Dans de l'eau propre et forte, qui vous roulerait, vous creuserait, vous relèverait. Ne plus vouloir. Être déliée, annihilée… Jamais plus cela ne sera, sinon dans la mort — la mort à laquelle il doit parfois être doux de s'abandonner. Peut-être ne meurt-on que parce que l'on s'abandonne enfin, toutes forces taries, en une suprême abdication.

Fatigue ! Fatigue ! Parce qu'elle a brûlé toutes ses réserves d'énergie, Gervaise a l'impression de communier avec tous ceux qui, de par le monde, cèdent à semblable épuisement. Tant d'autres femmes, à cette minute même, doivent gémir de leurs jambes lourdes et de leur dos raide. Tant d'hommes, aussi, hébétés par le travail du jour, qui voudraient boire un verre, très vite, pour se reprendre. Et dans le métro, ces corps cahotés, suants, ces dos un peu courbés de station en station. Ou bien à l'hôpital, ces malades qui soulèvent une main et la laissent retomber parce que le geste ne vaut pas l'effort. Fatigue ! Fatigue ! C'est bien ainsi, chacun le dit, qu'arrivent les accidents : fatigue du chauffeur, du mécanicien, fatigue du petit candidat qui a trop préparé son examen et qui, pour cela, échouera. Fatigue des professeurs harcelés par les uns et par les autres, en butte aux insolences des enfants et aux tracasseries de l'administration : un jour ils lâchent tout ; ils font une dépression nerveuse, ou simplement ils baissent les bras… Fatigue des hommes politiques qui courent de meetings en inaugurations, ne pensent plus, répètent, obéissent et se font fantoches…

« Était-ce ainsi toujours ? se demande Gervaise. Et pourquoi donc, à notre époque, faut-il toujours travailler tant, alors que le monde entier se remplit de chômeurs ?… Chômeurs qui se fatiguent de l'être comme les autres de travailler !… Est-ce le bruit, ou la presse des grandes villes ? Est-ce le métro du petit matin, dans la fatigue d'un réveil hâtif, après une nuit trop courte, quand les yeux se referment pour fuir la lumière blême de ce monde souterrain ? »

Fatigue, le couple qui se défait en brouilles harcelantes, ou bien qui se brise avant de s'être fait, d'énervements en malentendus. Fatigue, les tergiversations sentimentales, les déceptions, la hâte. Fatigue, les enfants !...

Gervaise se sent menacée comme par une terrible marée. Elle connaît tous ces visages tirés du matin et du soir, toutes ces voix éraillées par l'agacement. Elle a vu sa belle-sœur élever trois enfants, s'épaissir, s'aigrir. Gervaise n'a pas d'enfants, mais voici qu'elle sent dans son corps épuisé toutes les fatigues des autres. On en fait trop. Tout le monde en fait trop !

Pourtant, affalé sur le lit, c'est bien son corps à elle qui souffre, vidé d'énergie ; c'est bien dans sa tête à elle que gonfle ce début de migraine, protestation ultime d'un corps qui refuse tout service...

Elle pousse un long soupir. On ne la ferait pas lever de ce lit, même si la maison brûlait.

\*

La maison ne brûle pas, mais le téléphone sonne. La voix d'un homme timide, qu'elle reconnaît tout de suite, mais qui ne se sait pas reconnu : « C'est Ramón, Madame Gervaise ! »

Ramón est un jeune Portugais de vingt-trois ans, fils d'émigrés d'origine espagnole. Elle l'a connu au temps où elle recevait les candidats aux logements. D'abord elle l'a vu avec sa famille, pour les besoins de l'enquête. Et puis, il lui a demandé, timide comme un faon, s'il pouvait la consulter au sujet d'un stage qu'on lui offrait et dont le dossier faisait état. Elle avait accepté à cause de son air apeuré et de ses grands yeux bruns pleins d'innocence. Il avait été reconnaissant.

Dans l'ensemble, il s'était montré un peu indiscret, très gauche, mais toujours respectueux et confiant. Sans doute remplaçait-elle pour lui, perdu sur une terre étrangère, où les siens ne pouvaient plus le guider, la tutelle paternelle ou maternelle. Sans doute aussi était-elle à ses yeux comme un symbole de puissance : le logement, si désiré, n'avait-il pas dépendu de son verdict ? Ne savait-elle pas, toujours, quels

papiers il fallait remplir et quels droits on pouvait faire
valoir ? Ramòn avait cet air de petit mâle conquérant qu'ont
volontiers les garçons du Sud, mais il était sérieux comme un
enfant et vivait sur la certitude contestable que, s'il faisait ce
qu'il fallait, il devait à coup sûr réussir. Il se raccrochait donc
à Gervaise, qui était un peu sa conscience et, en pratique, sa
conseillère. Gervaise, évidemment, se plaisait à ce rôle. Et
elle se donnait du mal pour aider Ramòn, ne voulant pas tra-
hir l'image qu'il se faisait d'elle.

— Qu'y a-t-il donc, Ramòn ?

Il y avait que Ramòn avait été reçu, la veille au soir, pour
un entretien de pré-embauche, et il aurait aimé savoir ce que
Gervaise en pensait.

— Maintenant ? interrogea-t-elle, effrayée.

Elle était trop fatiguée pour affronter Ramòn maintenant ;
trop fatiguée pour jouer auprès de lui le rôle généreux et
compréhensif qu'il attendait d'elle, trop fatiguée aussi pour
se lever de ce lit, se recoiffer, se chausser : un tel effort était
impossible.

Mais Ramòn insistait. Sous ses accents un peu titubants
elle imaginait son regard quémandeur : celui du chien qui
vous regarde, attentif, la tête penchée, demandant instam-
ment une courte promenade. Cette insistance désarmée touchait Gervaise, bien entendu.

— Je suis dans un café, pas très loin de chez vous. Vous
savez : près de la place des Ternes. De chez vous, ce serait
cinq minutes.

« Dix, ou plutôt vingt », corrige Gervaise en pensée. Mais
quelle femme prostrée et solitaire pourrait donc résister aux
supplications d'un jeune homme — même si celui-ci ne lui
est rien ?

— Écoutez, j'ai tout un travail…

Le silence au bout du fil est plus persuasif que tous les
plaidoyers du monde.

— Bon ! Entendu ! Je viens…

Étranges relations, en vérité ! La voilà qui quitte tout et
s'arrache à sa fatigue pour aller écouter un jeune étranger aux
beaux yeux bruns, qui ne peut rien décider sans elle… Des
tiers, à qui l'on raconterait cela, s'imagineraient qu'il est son
jeune amant et que la chère Gervaise mène une double vie.

Elle le sait bien ; et, avant qu'elle ait eu le courage de s'arracher à son lit, les yeux déjà refermés, elle sourit. L'idée l'amuse. Il y a d'ailleurs un tout petit rien de vrai : s'il n'avait pas eu ces yeux sombres, et cette confiance, jamais elle ne se serait relevée pour lui. Et s'il avait été une fille…

Gervaise s'arrête, à cette idée qui la surprend.

Elle n'aurait pas quitté son lit pour répondre à l'appel d'une fille : sûrement pas ! Que l'on en pense ce que l'on voudra, elle ne l'aurait pas fait…

Réveillée par l'amusement que lui cause cette découverte, elle se lève enfin et se regarde dans la glace. Fatiguée ? Certes ! Et cela ne se voit que trop. Ces lourdes jambes en chaussons, cette poitrine défaite, ces yeux cernés… Ramòn, si respectueux, ne doit à aucun prix la voir ainsi.

Avec un bref gémissement, elle change de robe, se recoiffe, se farde. Elle vérifie : c'est déjà mieux. Devant la glace, à présent, elle tente d'arborer un sourire généreux : elle y parvient, sans aucune peine. Seuls, les yeux restent à la traîne, noyés de lassitude. Alors elle se persuade qu'elle regarde Ramòn, là, en face d'elle, qu'elle l'encourage à raconter son fameux entretien ; et voici que son regard, en effet, rajeunit : il se fait patient et affectueux, légèrement attendri. Le résultat étant d'ailleurs qu'elle se met bel et bien à éprouver les sentiments qu'exprime son regard. Elle est contente d'aller retrouver Ramòn — quelqu'un de jeune, qui lui prête de l'importance, qui l'admire… Cela la changera heureusement de ces maudits dossiers ! Et nul n'a besoin de le savoir.

Pourquoi même cette dernière pensée ? Après tout, elle n'a de comptes à rendre à personne, et elle ne fait rien de mal : ce sont des rapports parfaitement innocents.

Oui, mais voilà, les gens ne comprendraient pas. Il lui suffit de penser à la réaction de sa belle-sœur, si elle apprenait ce genre de rendez-vous. Elle imaginerait, ils imagineraient tous que le garçon va lui soutirer de l'argent, s'imposer, la menacer… Comme si elle n'était pas assez habituée aux affaires sociales pour savoir que cela arrive, et précisément aux femmes de son âge ! Ou bien ils imagineraient qu'elle s'offre sur le tard un jeune amant, d'un genre plutôt douteux et d'un âge fort désaccordé… Pauvre Ramòn, aux yeux de faon, si candide et naïf !…

De la main, elle se caresse les pommettes, comme pour effacer les rides. Il est bien vrai qu'elle éprouve une sorte de tendresse pour ce garçon, et que cela ne regarde personne. Nul ne doit savoir qu'elle le rencontre ; nul ne pourrait admettre combien ces rencontres sont, en fait, innocentes ; et nul, surtout, ne pourrait comprendre la douceur de ces relations hors série, teintées de part et d'autre d'une reconnaissance étonnée. Allez donc mettre des étiquettes sur tout cela ! Ce n'était pas bien méchant, aurait dit Gervaise, dans son langage de femme sensée. Mais c'était cependant bien beau.

Elle serre les lèvres. Les autres jours, elle ne se pose pas tant de questions. Il a fallu l'effort accompli contre la fatigue et ce qu'il impliquait. Il a fallu qu'elle prît conscience de la subtilité de ses sentiments et du secret qu'ils exigeaient. Et elle y trouve un soudain plaisir. Il est flatteur et réconfortant d'avoir encore des secrets. Cela constitue, apparemment, un remède souverain contre la fatigue.

Elle s'est rassise sur le lit pour ôter ses pantoufles. Et là, malgré tout, elle hésite. Elle ne va tout de même pas mettre ses escarpins à talons hauts ! Pauvres pieds, gonflés et las, qui vont devoir marcher jusqu'aux Ternes. Il s'en moque bien, Ramòn, des souliers qu'elle aura aux pieds et qu'il ne verra même pas ! Elle va mettre ses souliers plats. Elle les met. Mais son dernier regard à la glace l'arrête : la silhouette semble bien lourde, avec des souliers plats...

Alors, elle soupire. Il lui semble qu'elle est le coureur de Marathon, donnant ses dernières forces, quitte à en mourir ; et elle va chercher les escarpins. D'un coup, la silhouette se redresse. Elle-même, elle le sent ; elle rejette la tête en arrière et lève le menton : ses yeux brillent, parce qu'elle se sent meilleure allure. Ses pieds lui font très mal, mais sa fatigue s'est envolée. Elle claque gaiement la porte ; et ses pieds chaussés d'escarpins martèlent l'escalier à vive allure.

La concierge la voit passer. Elle dit, amère, à son mari :

— Elle fait encore drôlement jeune, la Gervaise ! Il y en a qui ne savent pas ce que c'est que d'être fatiguée...

Il manque à la concierge son Ramòn secret.

# L'ESPADRILLE

On n'aurait pu partir pour une nuit d'adultère de façon plus délicieuse. Et Rita savait qu'elle devait savourer son bonheur, sans en laisser perdre une goutte. Les problèmes viendraient plus tard, voire les regrets, ou les remords. En attendant, une fois dans sa vie, elle aurait eu ce dont toutes les femmes rêvent — une nuit entière de liberté, de luxe, et d'amour.

Car Riccardo faisait bien les choses; et si l'amour se mesure aux attentions, il était certes très amoureux. Il avait emprunté l'appartement d'un ami à Rimini. Il y aurait la vue sur la mer, et du champagne dans le frigidaire: tout, en somme! Elle avait trouvé pour son mari un prétexte admissible — l'invitation d'une amie d'enfance, pour un concert — et elle était censée faire le trajet de Ferrare à Rimini dans la voiture d'un couple inconnu, vaguement apparenté à son amie. Le bon Alfredo n'y avait pas vu malice. Elle rentrerait le lendemain.

Cela faisait si longtemps qu'ils désiraient une telle escapade, Riccardo et elle! Ils avaient flirté, triché, se ménageant de brèves rencontres, toujours empoisonnées par la crainte et la hâte. Et à chaque occasion de ce genre, ils disaient: «Une fois, juste une fois, nous y arriverons! Une fois, nous serons comme un couple en voyage de noces, tous les deux!...» Et ils disaient aussi: «Je t'aime.» Et ils disaient: «Personne ne le saura: personne n'en souffrira.» Ils le croyaient. Les difficultés et les délais avaient attisé leur impatience et leur donnaient à présent le sentiment d'avoir en quelque sorte acquis un droit et largement mérité ces quelques heures de bonheur.

Riccardo conduisait sa petite Lancia blanche avec aisance:

à la différence de l'appartement, la voiture était à lui ; et Rita y était déjà montée pour de brèves promenades autour de Ferrare et des caresses plus brèves encore, qui les laissaient inassouvis.

À présent, plus de hâte, plus de terreur à la pensée des regards indiscrets. La route était un grand ruban lisse et soyeux, ombragé de pins parasols. Riccardo portait un costume clair, élégamment cintré ; et déjà il s'était arrêté deux fois, pour des baisers de propriétaire. Il sentait la lavande. Et elle était attendrie qu'il se fût paré, comme un adolescent à son premier rendez-vous. En fait, elle était attendrie de voir qu'elle pouvait ainsi le rendre fier et content de lui. Elle aimait ses caresses et aimait la pensée qu'elle en était l'objet ; car il est doux de donner de la joie, d'être appréciée, emmenée à Rimini, et désirée. Elle aimait jusqu'à ce petit côté naïf qu'apportait le garçon à bien remplir son rôle de séducteur, comme s'il passait un examen et le passait avec succès.

L'expérience, sans doute, ne lui manquait pas. Et cela facilitait les choses. Même en conduisant, il avait des gestes d'amant, divinement efficaces. Par moments, il lui posait ainsi la main sur le genou ; or, il le faisait de telle sorte que Rita sentait la chaleur lui monter jusqu'au cœur, et se trouvait alors prise d'une grande faiblesse. C'était une main forte et douce, qui épousait la forme du genou nu, l'effleurant à peine, puis appuyant du bout de tous les doigts, en une allusion assurée. Il avait la manière. Et, dès le début, elle avait su qu'elle ne résisterait pas au plaisir de lui céder. Toujours, et toujours plus.

Chose étrange, cette expérience de séducteur se doublait d'une naïveté d'adolescent qui ne la troublait pas moins. Il était plus jeune qu'elle. Et il semblait fier de l'avoir conquise comme s'il s'était agi de sa première conquête. Quand il lui posait la main sur le genou, tout en conduisant, il jetait un bref regard en coin, comme pour vérifier l'effet produit, se rengorgeant à la manière d'un jeune coq. Il y avait en lui de la candeur, de la légèreté, du zèle. Peut-être, après tout, l'aimait-il.

En tout cas, peu importait. Après six années d'un mariage un peu terne, elle n'allait pas passer à côté de ce cadeau du sort. Elle aimait même que son histoire fût si parfaitement conforme à l'image conventionnelle. Partir pour Rimini, rouler dans la voiture de ce beau jeune homme, à l'heure où le soleil qui baisse dore l'horizon, et être là, oubliant tout, sauf une main sur son genou et des muscles qui fondent... Oui, tout cela lui était arrivé à elle, pour une fois, avec une perfection inattendue.

Elle ferma les yeux, encore surprise de cette chance, à laquelle rien, dans sa vie, ne la préparait.

— Heureuse ? demanda-t-il.

Le jeune coq, encore ! Et tout à l'heure, cette nuit, plus tard, il demanderait encore « Alors, heureuse ? ». C'était de sa part une fierté un peu appuyée. Mais elle aimait qu'il fût ainsi. Et il avait raison de se vanter : elle était effectivement heureuse.

— Je t'aime, Riccardo. Vraiment je t'aime.

Ce n'était pas exactement ce qu'elle souhaitait dire ; mais la formule correspondait à la plénitude de son bien-être. Il sourit. Le moteur ronfla plus fort. La route de Rimini était comme un vaste tapis de moire qui les portait vers leur accomplissement. Et Ferrare, désormais, était loin.

\*

Soudain, Riccardo freina. Dans un grand virage large et ombragé, il y avait du monde, des voitures arrêtées, des gens descendus de voiture : de toute évidence un accident, et tout récent. On entendait à quelques kilomètres la sirène des voitures de police, se pressant d'arriver.

Riccardo ralentit beaucoup, mais ne s'arrêta pas. Un service d'ordre improvisé guidait les voitures, faisant passer tantôt une file et tantôt l'autre, de manière à laisser libre le lieu de l'accident.

Naturellement, on regardait — le plus vite possible, avec ce mélange de frayeur et d'excitation que suscite toujours pareil spectacle.

Et ils virent.

Ils virent le garçon étendu en travers sur l'asphalte, le visage au sol, les jambes rejetées en un angle bizarre, un bras en avant. Était-il mort ? Les gens faisaient cercle autour de lui, à distance. S'il était mort, il fallait laisser tout en place. S'il n'était pas mort, peut-être leur avait-on dit de ne pas le toucher. Il avait l'air mort, à en juger par la position de son corps. Un vélomoteur tout tordu gisait plus loin. Ils n'eurent pas le temps de voir laquelle des voitures l'avait heurté : ils ne virent que lui.

Rita vit un peu plus : un petit détail, qui, Dieu sait pourquoi, lui coupa le souffle. Le garçon pouvait avoir vingt ans. Il portait un jean et une chemisette de coton. Mais ce qu'elle vit fut son pied, nu et pâle sur la chaussée. Il avait perdu, dans le choc, une de ses espadrilles, qui avait été projetée plus loin. Elle était là, visible, abandonnée, à jamais inutile.

Ils ne dirent rien, sur le moment. Puis Rita demanda, timide :

— Tu as vu — son pied ? Tu as vu, Riccardo ? Il avait perdu son espadrille.

Riccardo haussa les épaules, presque hargneux.

— Ce n'est pas le pire ! Tu as de ces idées...

— Je sais, mais ce pied nu...

Il ne répondit pas : après la vue d'un accident, on donne toute son attention à la conduite. Rita resta donc avec le souvenir déchirant d'une impression qu'elle ne pouvait ni communiquer ni expliquer.

Porter des espadrilles : cela suggère l'été et la jeunesse. Le garçon devait être léger, prêt aux jeux de la plage, imprudent sans doute... On l'imaginait allant danser, le soir, dans les bastringues, ou bien courant, souple sur ses semelles de corde, retrouver ses copains, ses copines.

Malgré elle, Rita eut un regard pour les pieds de Riccardo : il portait les bottines pointues des dandys italiens. De plus, il conduisait sa Lancia : le garçon, lui, était à l'âge des vélomoteurs — à l'âge où tout est encore possible, la gaieté, les surprises, les coups de folie...

— Avec ces vélomoteurs, ils vont toujours trop vite, jeta Riccardo, avec une sorte de rancune.

— Oui, je sais. Il y eut un long silence entre eux. Le soleil avait baissé. Leur gaieté aussi.

*

Il fallait parler d'autre chose, penser à autre chose. Mais ce pied nu sur l'asphalte hantait à présent Rita. Il lui donnait le sentiment d'avoir découvert tout à coup le caractère vulnérable de la vie. Vulnérable était trop faible : le garçon était mort et ce pied abandonné aux regards l'était autant que lui. Ce pied ne sentirait plus jamais la fraîcheur de l'eau de mer ni la tiédeur du soleil. Et il était encore blanc et tendre comme celui d'un enfant sans défense. Un visage est accoutumé aux regards ; il sait se défendre : un pied ne le peut pas.

— Tu crois qu'il est mort ?

Riccardo se tourna vers elle :

— Rita chérie, tu ne vas pas penser tout le temps à cet accident. Pour une fois que nous sommes ensemble, par la Madone, oublie-le ! Et ne fais pas cette tête d'enterrement ! Pense à notre soirée.

« Notre soirée » était un beau programme ; mais le ton agacé de Riccardo n'était déjà plus celui de l'amant émerveillé. Rita en fut froissée. Elle ne répondit pas, et détourna les yeux.

Oublier ? Elle aurait bien voulu. Mais on lui demandait d'oublier trop de choses. Peut-on être heureux à ce prix ? Peut-on aller faire l'amour avec un homme qui ne vous est rien, dans un appartement d'emprunt, alors que l'on a croisé la mort ? Le pied nu de l'inconnu lui ôtait tout élan. Elle aurait voulu se retrouver près de son mari.

Son mari : ils avaient dit et répété, avec Riccardo, que leur escapade ne ferait de mal à personne. Mais qui sait ? Et même à cette minute — ah ! elle aurait voulu savoir où il était, ce qu'il faisait, s'il ne lui était pas arrivé à lui aussi un accident.

C'était absurde, évidemment. Mais on ne défait pas en un instant six années de solidarité. Elle avait soigné Alfredo ; elle l'avait encouragé ; il lui avait conté ses soucis. Et à présent qu'elle s'en allait avec un autre sur la route de Rimini, la pitié que lui avait imposée ce jeune mort au pied nu rejaillissait sur lui — l'autre victime, qui ne savait rien et dont elle trahissait la confiance. Vulnérable, Alfredo l'était aussi, par sa faute à elle ! Comment avait-elle pu vouloir tout ce plaisir de pacotille, au risque de faire souffrir celui qui lui avait, pendant six ans, confié sa vie et ses petites habitudes — soudain mises à nu par sa trahison. Il lui fallait savoir tout de suite qu'il était vivant, qu'il était là, qu'elle le retrouverait.

— Riccardo, dit-elle, pourrais-tu arrêter un instant là-bas, à la cabine. Je voudrais téléphoner, téléphoner chez moi...

Riccardo sembla aussi vexé de ce désir intempestif qu'il avait été fier de la tenir jusqu'alors sous son charme. Il regimba, s'étonna, invoqua le retard :

— Tu n'as donc pas envie d'arriver ?

— Si, mentit-elle ; mais j'ai oublié une commission...

Et puis, désespérée soudain, elle changea de mensonge :

— Du reste, j'aimerais m'arrêter. Je suis fatiguée : l'émotion de cet accident...

— Cela va passer, dit-il. Un bon champagne glacé en arrivant. C'est du champagne français, du vrai.

Elle le regarda et s'étonna qu'il ne comprît pas, ou plutôt, elle reconnut son propre étonnement et le chassa. Riccardo n'était pas très fin. Il jugeait d'après son impatience de jeune mâle content de lui. Il n'avait pas été ému par la présence de la mort. Et il ne laissait personne à la maison. Aucune peine, pour lui, que le champagne n'effaçât. Comment avait-elle pu le suivre dans sa Lancia blanche, comme une étourdie, et fondre si facilement sous ses caresses trop expertes ?

— J'aimerais quand même m'arrêter, dit-elle.

Alors, il fut vraiment offensé, le jeune coq ! Il devint rude, vibrant. Il devint même intelligent. Car il la regarda, méfiant, et passant outre aux prétextes, pathétique, il demanda :

— Tu ne veux plus venir ? Tu as peur ?

Il était presque brutal. Sans doute était-ce sa façon à lui de réagir à la rencontre de la mort. La vue de l'accident provoquait en lui le refus : il voulait arriver, boire, jouir de tout sans être inquiété. Avec fureur, il répéta :

— C'est cela ? Tu as peur ?

Elle se mit alors à pleurer. Elle n'aurait pas pu le suivre à Rimini pour un empire. Elle voulait rentrer chez elle, tout de suite. Elle n'aurait jamais dû croire que l'on trompe son mari si facilement. Elle voulait ne jamais revoir cet homme en costume clair, avec son veston cintré et ses chaussures pointues. Elle voulait ne jamais sentir ses mains sur elle.

Elle ne pleurait plus : elle sanglotait.

— C'est l'accident, cela m'a secouée. Je ne serais plus capable de rien aujourd'hui. Une autre fois, chéri. Pardonne-moi. C'est plus fort que moi…

Elle devait être affreuse : tant pis ! Plus rien n'importait ; car elle ne se livrait pas à cette scène ridicule sans savoir qu'elle détruisait tout à jamais. Riccardo ne lui pardonnerait certainement pas. Et il n'y aurait plus d'autre Riccardo dans sa vie. Plus d'amour, et de Lancia blanches et de champagne au frigidaire ! En plus, elle saurait désormais qu'elle n'avait pas la force, qu'elle était rayée des cadres. Dans cette voiture arrêtée, c'était toute sa vie qui la fuyait, de façon définitive. Mais elle ne pouvait pas l'éviter.

Patiemment, Riccardo lui releva la tête :

— C'est à cause de ce garçon qui s'est fait tuer ?

Elle frissonna. Elle revoyait le pied nu du jeune mort. Et il figurait pour elle tout le malheur qui peut fondre sur une vie. C'était Alfredo injustement abandonné, seul, fragile, trahi. C'était sa famille qui avait lutté et vieilli, chacun peinant pour mourir un jour. Et elle-même… À quoi bon se leurrer avec des escapades à Rimini et des balcons sur la mer ? À quoi cela sert-il, au bout du compte ? Un sentiment aigu de la vanité de toutes choses rendait Riccardo irréel et superflu.

— Tu veux vraiment que je te raccompagne, quand tout est prêt là-bas ? Tu viens de dire que tu m'aimais : tu mentais ?

Bien entendu, elle s'en rendait compte, elle avait menti. Mais, de toute façon, après cette scène au bord de la route, ces larmes, cette violence de son côté à lui, il n'y avait plus d'autre issue.

Elle se redressa :

— Pardonne-moi, Riccardo. Admets que c'est une crise de nerfs, un coup de folie. Je ne t'ai pas menti. J'ai attendu cette soirée trois mois, tu le sais. Mais je dois rentrer chez moi. Je prendrai le car. Il le faut.

Riccardo, alors, joua sa dernière carte. Exaspéré il la tira vers lui et lui rejeta la tête en arrière :

— Tu t'es moquée de moi, c'est cela ?

Elle luttait, les yeux chavirés, comme une bête effrayée. Il n'y avait plus de désir en elle, rien qu'une hâte frénétique de fuir.

— Sale garce, dit-il. Eh bien, file !

Et, sans descendre, il lui ouvrit la porte de la Lancia, la jetant presque dehors avec sa mallette.

La Lancia partit à fond de train et sortit pour toujours de la vie de Rita. Elle ne pensa pas un instant qu'il pourrait avoir, lui, un accident, et qu'elle en serait responsable. (Il n'en eut d'ailleurs pas.) Elle n'avait plus qu'une idée : rentrer, rentrer chez elle, et savoir qu'il n'était rien arrivé à Alfredo (qui ne courait aucun danger).

\*

Se rajustant de son mieux, elle courut à la première cabine téléphonique et forma son propre numéro. Il lui fallait entendre la voix d'Alfredo, renouer avec sa vie normale, lui dire qu'elle rentrait, s'abriter auprès de lui, oublier tout le reste.

Il serait patient, indifférent. Il serait réel. Il ne lui serait rien arrivé de fâcheux. Il écouterait à peine ses excuses…

Mais Alfredo n'était pas là.

C'était bizarre.

Peut-être la trompait-il, lui aussi ?

Tout à coup, elle fut inquiète. En somme il avait bien aisément accepté ses prétextes et sa fugue à Rimini. Quand ils disaient, Riccardo et elle, qu'ils ne feraient de mal à personne, ils n'avaient pas imaginé que peut-être ils arrangeaient au mieux leur prétendue victime.

Rita soupira. Même si cela était vrai, elle n'était pas en situation de faire la difficile. Mais, malgré tout, cela faisait beaucoup de gâchis pour une seule soirée. Et la mort du jeune homme au pied nu causait vraiment dans sa vie trop de bouleversements.

Elle prit sa mallette et alla se renseigner sur les cars. Elle avait retrouvé son calme depuis que la Lancia blanche avait disparu. Et pour un peu elle aurait ri de tant de malheurs et de tant de sottise.

À l'arrêt des cars, il y avait quelques personnes. Elle faillit demander si l'on avait eu des nouvelles de l'accident. Et puis, elle n'osa pas : ce serait tout de même trop bête d'avoir ainsi tout sacrifié pour rien. Peut-être le garçon avait-il eu une simple commotion ; cela arrive ; il en serait quitte pour se racheter des espadrilles et aller danser à Rimini, avec des copains et des copines...

«Ils vont toujours trop vite», se dit-elle, rancunière.

Elle avait dit adieu à sa jeunesse, pour rien.

# UN PEU DE RECUL

C'était fini, consommé, réglé. Leur divorce avait été prononcé, après vingt-deux ans de mariage. L'appartement était
en vente. Vincent devait partir trois jours plus tard, et serait
bientôt remarié. Les meubles avaient été partagés, vendus,
déménagés. Et Anne avait franchi le cap : après une courte
absence, elle venait de passer sa première nuit solitaire dans
son studio nouveau de l'avenue Paul-Doumer — une nuit
presque blanche, mais peut-être était-ce la fatigue.

Et ce matin, Vincent venait la prendre, vers midi, pour
l'emmener déjeuner quelque part dans le quartier.

Cela se passe ainsi, entre gens civilisés… On se quitte à
l'amiable, on se donne au besoin un coup de main, on reste
courtois, amical même.

Pourtant, il n'en avait pas toujours été ainsi. Dans la vie
courante, la familiarité des rapports fait volontiers oublier la
courtoisie : on se situe par-delà. Et, dans les derniers temps
d'un mariage, l'hostilité, le chagrin, la rancune créent toujours des tensions violentes. Il y a des scènes, parfois des
larmes, des portes claquées. Il y a aussi de brûlants attendris-
sements à la pensée de ce que l'on quitte, et une peur panique
à la pensée de l'avenir. Chacun en veut à l'autre, non seulement pour les fautes qu'il a à lui reprocher, mais pour le commun échec auquel ils sont confrontés. Alors, adieu la
courtoisie : on se situe bien en deçà. On voudrait faire mal. Et
on y réussit.

Dans cette période-là, on voit l'autre de très près, marqué
par tous les défauts dont on a au cours des années fait l'expé-

rience parfois amère. La lâcheté, la dérobade : comme on les
lit clairement sur le visage de l'autre ! Et la mollesse ou la
dureté des traits, comme elles correspondent bien aux souvenirs de chaque jour, acceptés et cependant exaspérants : la
façon indiscrète, presque répugnante, dont il ou elle bâillait
au réveil, ou brusquait la femme de ménage, ou bien son
habitude à lui de plastronner devant les inconnus… Il y a là
autant de stigmates auxquels la trahison finale (celle de
l'autre ou bien la sienne) donne soudain une présence aveu-
glante. C'est bien la même mollesse qui fait qu'il n'a pu res-
pecter ses promesses, la même sécheresse qui fait qu'elle n'a
pas su l'entourer de tendresse, la même vanité qui les a poussés, elle ou lui, à vouloir rejouer une fois encore la scène de
la séduction avec une tierce personne, au risque de tout briser. Oui, l'on voit tout cela, en clair, sur un visage connu de
trop près.

Parce que l'on est civilisé, on ne laisse pas trop souvent
percer ces sentiments. Et, dans les grands moments, moins
encore : on sait vivre, que diable ! Sans compter qu'une
vieille solidarité, née de la vie commune, reprend parfois ses
droits en surprise et que l'on a pitié de l'autre. Qu'y faire ? Il
est celui que l'on connaît depuis toujours ! On bute contre ses
défauts familiers, mais on glisse aussi vers des connivences
non moins familières. Tout est trop proche, comme si l'on
portait des verres trop forts ; et l'on ne cesse de se faire mal.
Ce sont des périodes fatigantes ; et l'on a, en fin de compte,
autant de hâte de les voir finir que de crainte pour ce qui sui-
vra. Plus on a longtemps vécu ensemble et plus c'est difficile
— comme pour toutes les ruptures, probablement.

Mais voilà : pour Anne et Vincent, la page était tournée.
Et, très poliment, parce qu'il l'avait aidée à vivre pendant
vingt-deux ans, il lui avait offert de l'emmener déjeuner, pour
l'arracher un moment à ses travaux d'emménagement. Elle
avait accepté : ils tenaient tous les deux à garder de bonnes
relations.

Cependant, Anne sentait combien la situation était bizarre.
Il y avait si peu qu'ils avaient déjeuné ensemble comme toujours, dans l'ancien appartement : ils étaient encore comme
mari et femme, mais plus hostiles et tendus que jamais ;
aujourd'hui, il était un étranger invitant une femme seule,

galamment. La situation comportait un côté intimidant et secrètement excitant — comme s'ils avaient eu envie de se donner des regrets l'un à l'autre. Et il avait choisi, à dessein, un restaurant où ils n'étaient jamais allés ensemble.

— On m'a dit que ce n'était pas mal...

Elle buta sur le « on » : ce détail renvoyait, comme souvent, à cette autre vie de Vincent, qu'il avait maintenant le droit de mener et qu'elle gardait le devoir d'ignorer. « On » était peut-être l'ancienne maîtresse, la future épouse. Elle ne cilla pas (elle avait l'habitude) et prit l'air approbateur que l'on se doit d'avoir avec un inconnu qui vous a invitée. Elle chercha même une formule aimable, comme elle eût fait dans ce cas-là, et fut contente de voir qu'elle pouvait s'en tirer avec aisance. Après tout, il était aisé de reprendre des rapports tout autres, comme si rien ne s'était passé — ni vingt-deux ans de vie commune, ni deux ans d'affrontements et de jalousie.

Il s'assit en face d'elle et l'engagea à commander un repas raffiné.

— Tu auras, je pense, une dure journée : tu as besoin d'un bon repas tranquille, non ?

La phrase était banale, mais Anne sentit son cœur chavirer. Oui, il avait souvent eu, dans le passé, des attentions de ce genre — celles de quelqu'un qui est là pour vous protéger. Jamais elle n'en avait ressenti ni surprise ni émotion particulière. Elle avait jugé cela normal. Mais, en reconnaissant le ton, elle en découvrait le prix ; et l'idée qu'elle n'aurait plus personne à ses côtés pour participer aux petites émotions de la vie quotidienne lui parut soudain redoutable. Ce fut brusque et poignant, comme un point de côté ; sa mémoire lui jetait au travers toutes les occasions où cette présence protectrice s'était le mieux fait sentir — le jour de l'accident d'auto, ou bien quand il lui avait si fièrement porté des repas au lit... Mais avant d'avoir seulement reconnu, identifié les souvenirs, elle les avait déjà chassés, furieuse. Non, elle ne voulait à aucun prix — non, pas maintenant, pas encore — laisser refluer les souvenirs de leurs moments heureux.

Elle accepta le menu, plaisanta. D'ailleurs, la sollicitude de Vincent n'avait rien de bien saisissant : ce pouvait être simple politesse, routine, et façons d'homme du monde. Comme pour s'en convaincre, elle leva les yeux, tentant de le voir

comme elle ne l'avait plus jamais vu depuis vingt-deux ans
— comme un homme qu'elle n'aurait pas connu, et qui l'aurait invitée, comme cela, par hasard.

Et voilà que, non sans stupeur, elle constata que c'était très
facile. Elle le voyait soudain comme hors du temps. Comme
quand on règle une lorgnette, que l'image approche, recule,
puis se fixe, sans conteste, bien au point, elle vit celui avec
qui elle avait vécu si longtemps ; et, avec un pincement
d'amertume, elle dut admettre qu'il était charmant.

Élégant, bien élevé, certes. Mais pas seulement cela : il y
avait dans ses façons une sorte d'intimité tranquille ; et ses
yeux noirs brillaient doucement. Noirs, mais un peu enfantins, presque soyeux. Aussitôt elle se reprit. Idiote ! Ne
l'avait-elle donc jamais regardé, ce mari ? Elle se demandait
tout à coup si vraiment il avait été toujours ainsi, ou peut-
être... Peut-être ce charme était-il nouveau en lui et tenait-il
à sa nouvelle vie ? Il était amoureux — d'une autre. Il venait
de se trouver libre. Il allait refaire sa vie avec cette autre. Et
sa femme avait bien pris les choses. Peut-être était-ce cela qui
le nimbait de cette grâce jusqu'alors cachée.

Ou bien — mais était-ce mieux ? — il avait été ainsi toujours ; et elle n'avait jamais pris assez de recul pour s'en
apercevoir. Après tout, il séduisait ! Il avait séduit celle qu'il
allait épouser, mais certainement, aussi, bien d'autres. Et
pendant ce temps, elle, sa femme, le nez sur les tâches cou-
rantes, pressée entre hier et demain, elle n'avait plus fait l'effort de seulement le voir.

Maintenant que cette distance lui était rendue, c'était
comme si elle le comprenait mieux.

— En ce qui me concerne, je devrais quand même faire
attention, dit-il, je traîne un mal de tête épouvantable.

Elle le regarda avec amusement. Autrefois (hier !), ces
douleurs l'auraient agacée. Vincent avait toujours mal quelque
part, et c'était toujours « épouvantable ». Vincent était douillet.
Mais aujourd'hui peu importait ! Ce serait à une autre de le
soigner. Et elle était plutôt touchée qu'il ne fût pas, dans l'euphorie de ses nouvelles amours, guéri des maux qu'elle avait
connus. Il vit son amusement, et le comprit :

— Cela te fait rire ?

— Mais non, Vincent. C'est seulement que...

Elle n'acheva pas. Entre eux deux, point n'était besoin d'explications. L'habitude de la vie commune se combinait avec leur liberté nouvelle pour créer comme une bulle au sein de laquelle ils se trouvaient, pour la première et dernière fois, dans un contact parfait. Il sourit :

— Mais tu sais, c'est vrai. J'ai pris deux aspirines, déjà…

Elle vit (ils étaient tous deux seuls, dans cette bulle transparente, à se regarder d'un regard pacifié) qu'en effet il semblait comme étonné de son mal. Et elle éprouva, pour la première fois peut-être, une vive et anonyme pitié. Peut-être la sollicitude, qui lui avait inspiré à l'instant une pointe si vive de nostalgie, avait-elle plutôt manqué de sa part à elle. Elle ne l'avait pas assez compris et entouré ! Elle aurait dû se rappeler : Vincent avait été un petit garçon sans frère ni sœur, sans père non plus puisque sa mère s'était trouvée veuve quand il avait deux ans. Il avait donc été livré aux câlineries de sa mère. Or il souffrait vraiment de petites misères. Anne n'y croyait pas trop au début. Comme toutes les personnes solides, elle pensait que l'on doit réagir. Oui, cet homme qui s'excusait, comme un enfant, invoquant ses deux aspirines, elle avait conscience de l'avoir souvent houspillé, avec ses « Cela passera », « Tu te drogues trop » et autres façons de refuser toute pitié. Et qui sait si ces fameuses rivales, jusqu'à la toute dernière pour qui il la quittait, n'avaient pas été plus patientes et plus compréhensives ? Ce pouvait être une explication. Car, elle le comprenait maintenant, ces yeux noirs qui semblaient toujours quémander quelque chose ne quémandaient pas nécessairement l'amour-passion ou l'aventure : ils attendaient peut-être simplement cette attention disproportionnée mais délicieusement tendre que Vincent avait connue dans son enfance. Quelle folie d'avoir inconsciemment voulu refaire son éducation, au lieu de lui donner, sans lésiner, ce qu'il attendait ! Le mal de tête « épouvantable » la touchait maintenant comme une quête enfantine et vaine. Elle eût presque voulu lui poser une main fraîche sur le front, caresser cette nuque enfantine. Mais de toute façon l'heure était pour toujours passée de ces manières-là.

Ce tout petit remords fut cependant assez net pour que soudain elle sentît s'infiltrer en elle le doute.

Jusqu'ici, point de question : Vincent l'avait trompée ;

Vincent l'abandonnait. Vincent avait tous les torts; et il le reconnaissait. Mais un infime retournement à propos du mal de tête «épouvantable» avait suffi: devant ce Vincent nouveau, l'image de leur vie passée se modifiait comme un kaléidoscope que l'on fait légèrement bouger.

Cet homme qu'elle n'avait pas plaint ni aidé dans les toutes petites épreuves qui le tourmentaient, l'avait-elle mieux aidé dans le reste? L'avait-elle vu? L'avait-elle écouté? Avait-elle compris de quoi il avait peur et de quoi il tirait joie? Il avait été son mari, très bien! Mais lui, vraiment lui? Parce qu'il était son mari, elle s'était plus ou moins désintéressée de lui: on ne s'interroge que sur les inconnus. Les autres femmes, sans doute, s'étaient intéressées à lui, avaient été curieuses, admiratives, éblouies...

Anne, à présent, se disait qu'elle n'avait pas été aussi complètement la victime qu'elle s'était plu à le croire. Elle aurait pu, si facilement, l'occuper, le retenir. Elle avait rechigné devant les réceptions mondaines, dont il tirait de l'amusement... Elle l'avait traîné dans des concerts, qu'il n'appréciait que par devoir. Elle avait, même, dans l'amour...

Mais à quoi bon revenir sur ce qui était fait? Pour oublier, ou pour appliquer cette fameuse curiosité qui lui venait tellement trop tard, elle l'interrogea sur ses affaires et sur une négociation qui avait commencé, si l'on peut dire, de son temps. C'était là un sujet inoffensif. Et il lui en sut gré.

Il parla. Il raconta. Depuis combien d'années ne lui avait-il pas parlé si aisément? Vincent aimait s'ouvrir aux inconnus, rencontrés dans les soirées, ou dans les trains: pas à elle. Et voici qu'elle était devenue cette inconnue avec qui l'on peut s'expliquer, broder peut-être un peu, se convaincre en parlant, se justifier en convainquant!

Émue, elle l'écoutait. Touchée, elle lui donnait raison. La bulle qui les enfermait tous les deux devenait un monde à part, suspendu dans le vide, irisé et parfait. Et cette perfection même avait quelque chose de poignant: elle ne surgissait que parce qu'il était trop tard. C'était tout ensemble délicieux, naturel, et déchirant: on eût dit que cela n'existait que comme une démonstration après coup de ce qu'elle avait manqué et qui s'était trouvé à portée de sa main.

Le repas avançait; Anne achevait un pigeon, qu'avait

recommandé le maître d'hôtel. Tout en écoutant Vincent, heureuse et désespérée, absente, elle se mit à déchiqueter les petits os, cherchant les restes qu'elle avait pu négliger. Et prenant à deux mains, du bout des doigts, le petit angle d'os qu'il est si plaisant de faire craquer, elle s'apprêtait à le briser, quand soudain elle se rappela : Vincent détestait entendre craquer les os. Pendant vingt-deux ans, elle s'était abstenue. Mais, trop distraite par ce qui arrivait, elle faillit le faire ! Elle s'arrêta, regarda ses mains et leva sur lui des yeux pleins de timidité. L'avait-il vue ?

Il l'avait vue. Et il avait vu aussi son regard d'enfant qui craint de mal faire. Il ne dit rien : il sourit. À aucun moment de sa vie elle n'avait connu une plus totale connivence.

Les longues habitudes d'antan ne créaient plus l'agacement, mais l'attendrissement. Cela ne pouvait plus rien changer à présent. Il était touché qu'elle eût gardé cet ultime scrupule envers lui. Elle était touchée qu'il eût quitté le pli des mécontentements d'autrefois. Ils étaient émus de penser à toutes ces habitudes qui ne comptaient plus, et qui, pourtant, bizarrement, les liaient plus que la passion. Elle sentit qu'elle rougissait. Elle eut peur de se mettre à pleurer. La vie avec Vincent aurait pu être si merveilleuse : la vie avec Vincent était finie ; Anne était passée à côté.

Trop sotte ? trop jeune ? Il lui semblait qu'à présent, si c'était à recommencer, elle saurait si bien créer et prolonger leur bonheur commun...

Jamais elle n'avait été aussi possédée par la tendresse. Jamais elle n'avait été aussi malheureuse. Et pourtant, elle ne regrettait pas ce déjeuner bizarre, qui lui avait comme ouvert les yeux et le cœur. Subrepticement, elle caressa du doigt le petit os de pigeon. Il était lié pour elle à ce moment de parfaite entente, qu'elle venait de vivre avec vingt-deux ans de retard. Et il était brisé, arraché, bon pour le rebut, comme leur ménage même. Pourquoi, pourquoi est-on si bête !

Une souffrance la saisit à l'idée de sa propre sottise, si aiguë que soudain elle ne put plus supporter cette atmosphère si anormale. Elle prit l'os, et le cassa. Et elle demanda, brutale :

— Et c'est pour quand, votre mariage ?

Une vague déception passa sur le visage de Vincent : lui

aussi, peut-être, avait découvert ce qu'il avait laissé perdre ?
Eh bien, grand bien lui fasse ! Elle n'allait pas se changer à
présent, puisqu'il était trop tard, trop tard pour tout.

— Non, ne me le dis pas, conclut-elle, je le saurai bien
assez tôt.

Elle était odieuse, et elle le savait. Une bulle est chose qui
crève et disparaît : juste le temps de vous montrer, dans une
vision précaire et décisive, ce qui aurait pu être.

— *C'est moi qui l'ai vu !*
— *Non, c'est moi !*
— *De toute façon, tu m'as poussé !*

*Même pour la fête des œufs de Pâques, on se bat, on s'accuse ; tout à coup, deux petits frères, deux petits amis, se dressent, méfiants, méprisants, rancuniers... Comment, dans la remontée des souvenirs, n'y aurait-il pas, aussi, ces brusques affrontements, qui nous ont déchirés au passage ? Parfois on se réconcilie ou se console ; on oublie. Mais pas toujours...*

# MÉFIANCE

Je croyais connaître mon ami Simon Worms comme moi-même. Nous étions liés depuis plus d'un quart de siècle ; nous étions collègues ; nous étions voisins ; nous aimions les mêmes livres et votions de même. Mais on ne connaît jamais les gens : je m'en aperçus ce soir-là.

Nous avions dîné chez lui avec un jeune couple de Roumains, juste échappés de là-bas. Et nous les avions longuement écoutés, comme on écoute ces récits d'au-delà du monde libre, avec et sans surprise ; car ces témoignages-là nous blessent et pourtant ne cessent de se répéter. Nous posions des questions, avec douceur, parce que nous voulions montrer notre sympathie, et avions honte de notre impuissance. Ils semblaient, ces deux-là, des messagers d'un autre univers, par rapport auquel, Simon et moi, nous étions les spectateurs regardant derrière une vitre.

À un moment donné, le jeune Roumain laissa tomber une phrase, qui semblait anodine. Il dit : « Le pire, c'est la méfiance : on n'ose plus se fier à personne. » Et voilà qu'à notre surprise, Simon, alors, se raidit : les yeux ailleurs, avec une sombre flamme, il s'écria :

— Je sais ! Oh ! je sais !

C'était inattendu. Cela semblait très personnel. Il y eut un silence. Et ma femme, bravement, l'interrogea. Nous eûmes alors droit à un récit, qui remontait au temps de guerre.

\*

Je ne pouvais pas ignorer (son nom même l'impliquait) que Simon Worms avait eu des difficultés pendant l'occupation, du fait des lois raciales. Mais cela remontait si loin ! Et je savais pertinemment qu'il ne lui était rien arrivé de grave ; il était resté en zone sud et avait vécu bien caché. Il n'en parlait jamais. Or voici qu'au contact des récits de nos deux Roumains, ses souvenirs d'alors s'étaient mis à revivre, comme une braise que l'on croit éteinte et qui soudain rougeoie, jusqu'à l'incandescence.

Car il parlait sur un ton indifférent et presque amusé, mais on le voyait tendu. Et à travers ses propos de vieil universitaire paisible, on sentait des émois d'un tout autre temps.

Jeune ménage, frappé par les lois raciales, les Worms avaient trouvé à se loger dans un petit appartement situé au-dessus d'une banque, à Aix-en-Provence.

Je dis « les Worms », mais cela est faux :

— Nous vivions naturellement sous un faux nom…, commença Simon.

— Mais pourquoi ? Il le fallait ?

— Eh bien, pas absolument, au début : pas en zone sud. Mais nous avons quand même dû remplir des fiches, comme juifs ; puis, au bout d'un certain temps, il n'y a plus eu de zone sud. Et les rafles ont commencé. Parfois sous un prétexte déterminé (une action de la Résistance, par exemple), mais parfois aussi sans aucun prétexte, isolément, un beau jour, ou en pleine nuit. Nous avions prévu ce risque et nous étions arrivés à Aix déjà parés. Et même.

Simon eut un sourire d'enfant espiègle. Et il nous montra, plume en main, comment il avait falsifié lui-même les premiers actes publics, au prix de très petits changements : un jambage ajouté, un arrondi minime à la hampe du m, et le tour était joué : *Worms*, bien calligraphié, devenait *Martus*.

— C'était ingénieux, n'est-ce pas ? Et à partir de là on nous a fait des vrais papiers à ce nom, qui sonnait romain à souhait !

Je n'avais pas pensé aux faux noms. Je m'appelle Doulet, je n'ai rien de juif, et j'étais, à l'époque, prisonnier de guerre coupé de tout. Et puis, l'on n'imagine pas tout, quand il s'agit des autres.

Donc les Martus, puisque Martus il y a, s'étaient installés

tout contents dans ce petit appartement. C'était une maison à un étage, qui ne comportait, au-dessus de la banque, que leur logement à eux et une pièce donnant sur le même palier, qui servait de bureau à un dénommé Jean Coraïs, un pur Aixois, malgré son nom à consonance grecque, et un homme qui avait quitté le barreau pour se consacrer à de petites publications érudites et souvent pamphlétaires. Un homme très à droite, en tout cas, et cela au vu et au su de tous, depuis toujours.

C'était, en principe, le rêve pour les Worms — à un détail près :

— Ce type avait une sale tête, dit Simon, une très sale tête. Il était pâle et fureteur ; il avait l'air malsain, le regard fuyant. Tout de suite, nous nous sommes méfiés de lui.

Et voilà donc l'entrée en scène de la fameuse méfiance...

Une simple allure ? Non pas ! Des incidents suspects ne tardèrent pas à se multiplier.

D'abord ils se parlèrent, se présentèrent. Coraïs répéta le nom « Martus ».

— C'est un nom rare, dit-il, sans regarder Simon. De quelle province vient-il ?

— De la région de Bordeaux, lança Simon au hasard.

— Bordeaux ? Tiens !... je n'aurais pas cru...

Coraïs sourit, comme quelqu'un qui vient de marquer un point ; et, peu après, il disparut au bout du couloir. La description de Simon était suggestive, inquiétante.

— Il suspectait quelque chose, c'était visible, dit-il. Il s'était peut-être déjà renseigné. Il était peut-être un indicateur patenté. Il était peut-être de ceux qui se vantent de repérer le juif à vingt mètres !... Il ne me souhaita pas la bienvenue dans la maison. Il allait me quitter quand il demanda, d'un air indifférent, quel métier j'exerçais à Aix. Je dis que je préparais une thèse. Et je revois l'éclair qui passa dans ses yeux : en pleine guerre, à vingt-cinq ans, je n'avais pas de métier. J'espérais qu'il ne me voyait pas rougir... Mais en fait, tout de suite, j'ai eu peur.

Simon n'a pas ajouté « On sent ces choses-là » ou « C'était plus fort que moi » : il est au-dessus de telles fadaises. Mais la façon dont il a prononcé le mot « peur », en l'accentuant, puis en s'arrêtant, le regard fixe, donnait à son sentiment d'alors un relief étrange et fortement affectif.

— J'ai prévenu Nathalie, reprit-il.

Et, avec une courte gêne, faite de pudeur, il précisa :

— Nathalie, ma femme.

Je savais qu'il avait été marié ; j'eus honte de penser que j'entendais ce prénom pour la première fois.

— Dès lors, tout est devenu problème. Nous n'osions plus écouter la radio de Londres quand il était là. Mais comment savoir quand il était là ? Avec son pas feutré et ses façons dérobées, il échappait à toute surveillance. Parfois, nous tentions d'entrebâiller notre porte, pour voir s'il y avait de la lumière sous la sienne. Mais, même s'il n'y en avait pas, cela ne voulait rien dire : nous l'entendions parfois sortir, alors que rien, auparavant, n'avait filtré sous sa porte. Se cachait-il pour quelque complot ? Mais avec qui ? En vue de quoi ? D'un homme d'extrême droite comme lui, on ne pouvait attendre que des activités de collaborateur, de germanophile, sans doute d'antisémite. Il devait être tout cela. Nous ne pouvions rien risquer.

« Et puis, pourquoi ce bureau ? Coraïs avait, nous l'apprîmes très vite, une belle et grande maison rue Roux-Alphéran. Il ne pouvait avoir beaucoup de livres dans ce prétendu bureau. Aucune secrétaire n'y venait. Il y recevait peu de courrier. Et il venait, en gros, tous les jours, mais pour une heure, ou une demi-heure, quelquefois tard le soir. Cela aussi était bizarre, et éveillait la méfiance.

« Nathalie, parfois, prétendait que je noircissais les choses. Alors nous avons, pour nous convaincre l'un l'autre, cherché — discrètement bien entendu ! — des renseignements et des avis. Mais Coraïs, de toute évidence, n'était pas aimé des gens simples que nous fréquentions. La touche finale vint de notre libraire, qui nous déclara : "C'est un drôle de coco, Monsieur ! À mon avis, ce n'est pas quelqu'un pour vous…"

« Que voulait-il dire ? Avait-il deviné qui nous étions ? Ou bien jugeait-il de nos opinions, d'après nos lectures ? Était-ce un conseil enveloppé ? Nous n'avons pas osé lui demander d'explication.

« La vie devenait invivable. Nous guettions. Nous parlions bas. Parfois Nathalie, exaspérée, disait : "Et puis qu'est-ce qu'on risque ?" On risquait la dénonciation, l'arrestation, la déportation.

*

Simon avait parlé tout d'une traite. Il s'arrêta, comme tra-qué par les anciennes menaces et réintégrant le personnage de ces années-là. Et moi, dans ce bref silence, je pensais moins à ces dangers qu'à ce qu'il n'avait pas dit, mais laissé devi-ner : aux querelles avec sa femme qu'avait dû faire naître la situation.

Après tout, ils avaient divorcé peu après la guerre. Je crois me rappeler qu'elle n'était pas purement juive. Et toutes ces craintes, tous ces mensonges, devaient faire pour la jeune femme un début de vie conjugale terriblement oppressant. Elle devait trouver qu'il s'inquiétait trop, alors que sans doute il s'inquiétait surtout pour elle. Et il devait, lui, au cours des années, n'avoir jamais perdu le besoin de se justi-fier. Il semblait plaider devant nous ; mais c'était à elle qu'il songeait. Ces années d'épreuves lui avaient finalement coûté plus cher que je ne croyais.

*

Car le plaidoyer continuait. Comme un robinet mal fermé, qui laisse d'abord passer quelques gouttes, puis un filet, que la pression renforce de minute en minute, les preuves venaient, insistantes, obstinées.

— Un certain dimanche, précisait Simon, même Nathalie fut convaincue. Une vieille femme avait sonné chez nous, tenant une lettre "très urgente" pour Coraïs, nous demandant s'il était là, quand il serait là, comment elle pouvait le joindre… Nous avons expliqué qu'il passerait sans doute. J'ai fait comprendre à Nathalie de ne pas donner l'adresse. Cela pouvait être indiscret. On laissa la lettre posée en évi-dence sur la boîte aux lettres. Mais, le soir, elle était toujours là. Alors Nathalie décida d'aller la lui porter. J'ai discuté. Je lui ai dit que cela ne nous regardait pas ; mais il n'y avait rien à faire : « Ne pas rendre un si petit service, c'est une déclara-tion de guerre », disait-elle. Naturellement elle y alla.

« Mal lui en prit : je l'aurais parié ! Coraïs, en entendant sonner, regarda d'abord par une fenêtre du premier étage (entrebâillée, à peine ouverte) ; puis, ayant compris, il descendit, ouvrit la porte (à peine ! à peine !) et, jetant à Nathalie un regard soupçonneux, saisit la lettre et referma sur un simple signe de tête. Comme cela ! Il referma ! Il avait l'air drogué, me dit-elle. Et elle ajouta : "Honnêtement, il m'a fait peur."

Simon s'arrêta encore sur ce mot, qui résonna, comme l'autre fois, de façon pressante et troublante. Puis il conclut :

— La méfiance était devenue vivace comme un mauvais lierre ; elle recouvrait tout.

*

— Mais, demanda ma femme, pourquoi ? C'est plutôt lui qui semblait se cacher. Et il ne vous a rien fait, en fin de compte...

Alors, Simon renchérit :

— Oui, il se cachait ! Oui, bien sûr ! Mais pourquoi ? Il n'avait rien à craindre, lui ! Il se cachait pour éviter que nous le repérions, oui ! Mais que nous repérions quoi ? Sa peur même nous faisait peur, comprenez-vous ?

J'intervins, inquiet de son exaltation :

— Mais il ne s'est rien passé ?

— Rien passé ? Non, sinon que cette méfiance a tout ruiné. Nous voulions aider, participer à la Résistance... Mais comment accueillir quelqu'un chez nous, dans ce piège, avec cet individu à l'écoute ? Un jour...

Il eut un geste de désolation :

— Un jour, on nous a demandé d'héberger pour quelques nuits un homme recherché par les Allemands. Mais le pouvions-nous ? À cause de cet homme, nous n'avions pas le droit de prendre ce risque ! Dieu sait ! Ce fut terrible...

*

Encore une fois, j'imaginais. J'imaginais les querelles entre eux, les doutes, l'urgence. J'imaginais la honte de devoir refuser. Simon Worms, mon collègue et mon ami, était en tout d'une fermeté inébranlable. On s'appuyait sur lui. Mais nul ne connaissait le souvenir de cette lâcheté qu'il avait dû assumer, sans être sûr d'avoir raison.

Ses lèvres étaient serrées, furieuses. Il se tenait très droit. Le souvenir de ce refus l'assaillait à nouveau : il ne l'avait, depuis, jamais quitté.

*

— Mais vous n'avez pas songé à déménager ? demanda ma femme.

— Déménager ? Bien sûr que nous avons cherché ! Cherché jusqu'à l'épuisement, jusqu'aux querelles, jusqu'au désespoir. Mais c'était la guerre, vous savez ! Peut-être en payant très cher…, mais n'oubliez pas : je n'avais plus de traitement…

Je supportais mal de voir mon vieil ami Simon, d'ordinaire si placide et si maître de lui, s'abandonner à cette hantise des années d'humiliation. Je supportais mal de le voir regarder à droite et à gauche, revivant des angoisses auxquelles il n'avait jamais fait allusion. Et je commençais à comprendre qu'au cours de ces années il avait perdu beaucoup : la paix de son ménage, sa fierté de citoyen, sa paix intérieure. Je n'avais donc connu, pendant trente années de vie réussie, que le personnage artificiel, qu'il avait, de ses mains et de sa volonté, fabriqué en remplacement. Cela arrive-t-il donc ?

Comme s'il me répondait, le Roumain prit la parole :

— Cela arrive, dit-il. Je sais. Les choses se passent de la sorte, à cause d'un voisin dont on se méfie. C'est détestable.

Simon lui sourit : enfin quelqu'un le comprenait.

*

— Et tu n'as jamais su… ? demandai-je.

Alors, il rit :

— Ah ! c'est le plus beau ! Nous avons fini par quitter Aix, ne pouvant plus y tenir. D'ailleurs, il y avait alors des rafles presque toutes les nuits. Mais quand j'y suis revenu, après la Libération…

Il frappa la table du poing :

— Oui, c'est le plus beau de l'histoire ! Coraïs était un héros. Il avait caché des aviateurs anglais. Il communiquait avec Londres. S'il avait l'air bizarre, c'est qu'il devait avoir chez lui des gens que nous risquions d'apercevoir. Nous aurions pu éviter toutes ces craintes. Nous étions du même bord. Nous aurions pu vivre, sans méfiance…

Il insistait, mais restait amer. Sans doute avait-il payé trop cher cette méfiance injustifiée. Et je m'expliquais mieux, maintenant, la véhémence de ses plaidoyers : il se devait de justifier ce qui s'était finalement révélé une erreur. Je voulus l'aider et murmurai :

— Tu ne pouvais vraiment pas le savoir. N'importe qui se serait méfié. Comment se douter qu'un type aussi inquiétant soit en fin de compte un héros ?

Il répondit :

— C'est vrai.

Tout aurait pu s'arrêter là. Simon gardait les yeux baissés sur ses mains jointes, apparemment bien décidé à ne rien dire de plus. Mais un étrange malaise continuait à planer. Était-ce de penser à tout ce mal subi pour rien ? Était-ce l'insatisfaction qu'il y a à devoir regretter ce qui devrait être, dans son principe, une bonne nouvelle ?

Je croisai le regard de ma femme. J'y lus comme une inquiétude. Notre vieil ami Simon ne nous avait pas rejoints.

Le jeune Roumain dut le sentir aussi. Et, apparemment, il était mieux placé pour comprendre le silence de Simon. Il hésita, puis demanda :

— Et ce que vous avez appris sur cet homme vous a… convaincu ?

Je sursautai :

— Mais puisque tout était éclairé, expliqué !…

Simon se taisait toujours. Je le brusquai :

— Tout était éclairé, n'est-ce pas ?

Alors il nous regarda avec une sorte d'indulgence lointaine, se passa la main dans les cheveux et, brusquement, lâcha tout :

— On l'a dit ! Il l'a dit ! Mais sait-on jamais ? À entendre les gens, au lendemain de la victoire, il n'y avait plus que des héros ! Je n'en sais rien ! C'est peut-être vrai ! Mais il ne serait pas le seul à s'être inventé au bon moment une gloire de grand résistant. On m'a dit qu'il avait sauvé des gens ; mais qui ? quand ? Ils portaient des faux noms. Ils sont morts, peut-être. On fait le procès des prétendus traîtres, pas celui des prétendus héros !

— Mais les gens…

Il haussa les épaules !

— Oui, les gens, parlons-en !

Et puis il eut cette conclusion désarmante et terrible :

— Moi, je me méfie.

Trente ans après. Contre l'évidence.

Et pourtant, j'en jurerais, Simon Worms n'était nullement un caractère méfiant.

*Sash*

# L'HOMME À L'ÉCHARPE VERTE

Betty allait quitter la petite ville italienne. En ce dimanche d'automne, celle-ci était étrangement abandonnée ; mais la lumière était douce, les rues étaient spacieuses, et surtout Betty était contente d'elle et de la vie.

Elle avait voulu rompre avec le voyage banal, tel que le pratiquaient son mari et ses cousins. Elle les avait laissés à l'hôtel de la grande ville, et elle s'était lancée à l'aventure, désireuse tout à coup de s'enfoncer dans la vraie Italie des Italiens, sans voiture, sans bonnes adresses, seule. Elle avait un bon prétexte : sa passion pour un peintre de la Renaissance, Piero della Fasola, dont elle savait que plusieurs toiles se trouvaient là, perdues, à Borgo San Vitale. Et il ne lui déplaisait pas que l'aventure eût cette justification si hautement culturelle.

Après tout, il ne manquait pas de tableaux, en Italie. Et souvent, en les regardant, on se sentait un doute : « Que suis-je en train de faire ici ? Quel plaisir devrait donc me donner cette Sainte Vierge placide, tenant un lys au bout des doigts ? Ce n'est rien à moi, rien pour moi. Pourquoi regardons-nous tous ces assemblages de lignes et de couleurs, porteurs de rêves d'un autre âge, qui n'ont pour nous plus aucun sens ? » On se disait cela, et l'on prenait un air connaisseur, et même un air secrètement extasié, bien que l'on eût très mal aux pieds. Et l'on regardait les autres à la dérobée, pour tenter de saisir ce qu'ils pouvaient bien apprécier... *surreptitiously*

Mais une fois, vraiment, elle avait été émue : elle avait eu l'impression qu'il se passait quelque chose, qu'elle entrait dans un nouvel univers. Piero della Fasola était devenu « son » peintre. Et à travers ses œuvres, la peinture était devenue vivante. Aussi cette grande expédition vers quelques-unes de ses rares toiles était-elle de surcroît comme un bon point qu'elle se donnait, en se prouvant à elle-même qu'elle pouvait aimer la peinture.

Et cela avait réussi. D'abord, elle avait réussi — un dimanche ! — à se faire montrer les toiles : cela n'avait pas été une petite affaire ! Et puis, Dieu merci, elle les avait aimées. Elle avait retrouvé ces visages dessinés d'un trait simple, comme des épures, ces regards tournés vers l'intérieur, et ces grands drapés d'un vert sombre et d'un grenat étouffé, donnant le sentiment d'une présence sacrée, d'une révélation. Elle avait retrouvé l'émotion ; elle avait, pour quelques instants, franchi à nouveau la barrière des siècles et touché du doigt le mystère.

Elle en emportait en elle la conscience. Mais il était surprenant de savourer ce trésor dans l'atmosphère, soudain si différente, du dehors. Borgo San Vitale, en un dimanche d'automne, ne comporte ni mystère ni beauté. Cette petite ville de province, oublieuse de son passé, n'offre que le silence de ses rues désertées et de ses magasins fermés. Les bottes de Betty sonnaient sur les pavés inégaux. Un chien passa, la queue entre les jambes, craintif et mal nourri. On était loin des fastes de la Renaissance, des hautes coiffures et des perles, où s'était complu le peintre, loin aussi de l'Italie touristique où se vautraient complaisamment le mari de Betty et ses compagnons. On était en marge, à côté, dans le *no man's land* des cités mortes.

Betty hâta le pas vers la grande place qui marquait l'entrée de la ville : c'était là que, tout à l'heure, l'autobus l'avait déposée : elle n'allait pas s'attarder. Elle avait tout ; elle était contente ; et elle ne voulait pas laisser cette misère d'une ville à l'abandon déteindre sur son contentement.

\*

Il n'y avait personne à la guérite des autobus. Il n'y avait pas d'écriteau donnant les horaires, pas d'indication sur l'heure de l'ouverture. Betty hésita. Sur cette esplanade hors les murs, il soufflait un vent aigre, qui lui enveloppait méchamment les jambes, entre ses bottes rouges et sa minijupe de cuir noir. Elle se sentit alors mal équipée et vaguement ridicule.

Un homme — un homme du peuple, qui traînait par là, un vieux mégot aux lèvres — s'approcha sans hâte. Dans un italien trébuchant, elle lui expliqua son désir de savoir quand partait l'autobus pour la grande ville. On lui avait dit qu'il partait toutes les deux heures.

— Ah ! pas le dimanche, rectifia l'homme avec un geste de profond découragement. Pas avant six heures, maintenant !

— Six heures !

L'idée de passer presque trois heures à errer dans cette ville perdue ne souriait guère à Betty, non plus que celle de changer ensuite, en pleine nuit, pour rentrer affreusement tard à Florence. Son expédition avait été réussie, mais ne gagnerait rien à cette interminable attente dans l'inconfort et la solitude.

Devant son désarroi manifeste, un autre homme s'approcha, puis un gamin. Les deux adultes se mirent à parler très vite, trop vite, avec ce ton furieux qui semble toujours régner chez les Italiens, dès qu'ils sont entre eux : Betty ne comprenait plus rien. Puis le second homme vint tout près d'elle et lui toucha le bras avec sollicitude.

— *Guardi, Signora, Lei dovrebbe prendere un taxi !*

Dans sa surprise, elle revint à l'américain :

— *A taxi ? but...*

Et, se reprenant, elle objecta qu'il y avait plus de cent kilomètres. Alors, commencèrent les offres :

— Attendez, je connais quelqu'un, une belle voiture ! Pas cher, *Signorina*. Pas cher ! Si vous voulez, je vous accompagnerai. *Io vengo con Lei, io...*

Il insistait. Un troisième homme était arrivé, interrompant la partie de boules qui se disputait au pied des remparts. Il écouta, méfiant, les propositions du précédent. Et celles-ci, de fait, se précisaient.

— *Si ! Io !* Je vous accompagnerai. Le dimanche soir, à la ville (il eut un sourire extasié et complice) *si puo ballare !* Vous viendrez danser, *Signorina*, avec moi.

— Je ne peux pas. Je dois aller à Florence. Mais cette voiture ?

Un autre homme, qu'elle n'avait pas vu arriver derrière elle, intervint :

— *Guardi, Signorina*, cette voiture n'est pas un taxi. Mais moi je connais un taxi. Pas cher. Il fera un prix. J'irai avec vous, pour surveiller qu'il ne vous vole pas. C'est un ami…

Betty s'amusa un instant de cette prétendue défiance envers un ami. Mais elle était un peu empêtrée dans toutes ces offres plutôt suspectes. Elle prit un ton ferme :

— Merci. Mais je ne suis pas décidée. *Non so*. Je vais réfléchir et prendrai peut-être l'autobus.

Elle répéta, vigoureusement :

— *Forse l'autobus !*

Elle fit même un geste pour s'éloigner. Mais sa réponse semblait avoir enflammé tous les zèles. Ils s'élancèrent, curieux, pour la suivre. La partie de boules était maintenant interrompue.

— Non ! pas l'autobus, *Signorina* ! Il est très lent, toujours en retard. Vous ne pourrez pas aller à Florence si vous attendez l'autobus.

Un petit jeune, les yeux inquiets, demanda :

— Vous habitez Florence ?

— En ce moment, oui, mais, d'habitude, j'habite New York.

Ils furent tous intéressés :

— New York, en Amérique ? Mon cousin y a été ; et mon beau-frère y est même resté. C'est grand New York, n'est-ce pas ?

— Et le soir ? on peut danser ? Tous les soirs ?

— Et Paris, vous connaissez aussi ?

— Et Saint-Tropez ?

— Là, on peut danser, toujours ! C'est la belle vie.

Il y eut des exclamations d'envie, puis un long silence, très triste, chargé de nostalgies enfantines. Betty les regardait, désemparée. Ces Italiens de la petite bourgade rêvaient d'un ailleurs de pacotille. Ils rêvaient d'être loin de Borgo San Vitale. Ils étouffaient tous dans ce dimanche provincial. Ils la contemplaient avec envie, comme une star de music-hall qui serait tombée du ciel dans une cour d'orphelinat. Et une brusque pitié la saisit. Ces hommes étaient, dans leur propre ville, des exilés à qui tout manque. Dans la semaine, sans

doute, ne le mesuraient-ils pas ; mais le repos dominical
ouvre un vide béant, qu'aucune partie de boules ne saurait
combler. Il fait surgir des profondeurs de vieux fantasmes
inassouvis, à la mesure de la médiocrité ambiante — des
rêves puérils, construits avec les images de la publicité ou des
magazines...

Betty l'avait donc trouvée, et elle la touchait du doigt,
l'Italie des sites sans touristes, l'Italie de la misère, où l'on
mange à longueur d'année des abats, en fumant des cigarettes
à bon marché, et en attendant mieux d'une vie qui ne se
décide pas à commencer ! Autour d'elle, sur cette place, ces
hommes se pressaient, avec leurs offres et leurs espoirs, non
pas parce qu'ils cédaient au désir, si italien aussi, de séduire
une femme en passant, mais parce qu'ils cédaient, simplement, à l'ennui. Elle était l'événement pour eux. Elle était
l'ambassadrice de ce monde brillant et désirable, avec ses villes
et ses lumières, sous lesquelles on danse jusqu'au jour...

Soudain, elle se sentit pleine d'indulgence. Il était vrai
qu'elle avait tout. Elle voyageait. Elle pouvait payer. On l'attendait à Florence, et, en plus de tout, elle venait de s'assimi-
ler, elle l'étrangère, un trésor de leur passé, de leur peinture,
de leur art. Elle était l'héritière parmi les mendiants.

\*

Se sentir supérieur incite à la bienveillance ; et Betty
n'était pas timide. Elle se prêta donc volontiers aux curiosités
de son auditoire. Elle précisa en riant qu'en effet elle avait vu
New York et Paris, et même Saint-Tropez ; mais elle leur dit
aussi, toute fière, qu'elle était venue à Borgo San Vitale
exprès pour voir certaines peintures vieilles de plusieurs
siècles. Elle accrochait un peu sur les mots ; et son accent
était affreux ; mais elle aimait se vanter ainsi d'avoir annexé
ce passé qui était le leur et qu'ils ignoraient.

Ils hochaient la tête, étonnés et fraternels. Et Betty s'émer-
veillait de les voir si différents des fiers seigneurs aux hautes
coiffures qu'elle venait d'admirer en peinture. Rien de commun, plus rien...

Elle se rappelait une toile de son cher peintre où un groupe
d'hommes assiste à une scène sacrée : ils sont tous à regarder,

respectueux et un peu effrayés, méditatifs, recueillis ; et leur respect ajoute à la solennité de l'événement auquel ils assistent — mort d'Adam ou naissance du Christ... Or voici que, sur cette place éventée, un autre groupe d'hommes était réuni autour d'elle : eux aussi regardaient tous dans la même direction. Mais que regardaient-ils ? Simplement, à travers une étrangère en quête d'un moyen de transport, le reflet de plaisirs lointains, les plus ordinaires de tous...

Elle frémit de cette déchéance, et, comme pour réparer une injustice, elle dit, gentiment :

— Mais, vous voyez, j'ai quand même quitté tout cela pour venir à Borgo San Vitale, en souvenir du passé...

Ils hochèrent la tête, d'un air compréhensif, ne comprenant rien.

\*

À dire le vrai, Betty était un peu troublée elle-même par ses propres impressions. Voilà que la peinture (cette peinture-là) l'occupait assez pour se mêler aux sensations présentes ! Était-elle devenue si sensible à l'art ? Avait-elle fait de tels progrès en maturité, en lucidité ? C'était une expérience neuve, et elle avait bien fait de tenter l'aventure. À présent, c'était un peu comme si elle avait été douée de double vue : la peinture était avec elle ; le passé était avec elle.

Et comme elle savourait avec étonnement cette impression, son regard tomba sur une large écharpe de laine, que portait, sur un blouson couleur tabac, un des derniers arrivés. Parce qu'elle avait pensé à ces peintures, soudain ce vert éveilla un écho en elle. C'était le même vert que sur les toiles du peintre. Un prophète — oui, c'était un prophète, elle se rappelait — portait une robe de ce vert, aux longs plis majestueux. C'était un vert plus sombre que le vert amande, plus clair que le vert bouteille. Et elle avait aimé le voisinage de ce vert avec un rouge éteint, de même tonalité. Ces couleurs lui avaient paru nobles et rares.

Or voici : les plis de l'écharpe étaient soudain pareils à ceux de la robe portée par le prophète. Un hasard, sans doute... Betty n'eut pas le temps d'y réfléchir : ce fut comme si le groupe des hommes — des hommes d'ici, de Borgo San Vitale — avait retrouvé un trait de parenté avec les beautés du passé. Peut-être une tradition ? un goût inné ? Peut-être une dignité que, jusqu'à présent, elle n'avait pas su voir.

C'était absurde, bien entendu. Et ce ne fut en elle qu'un sentiment fugitif, un doute imperceptible et inexpliqué. Juste de quoi vous dérouter un instant, et vous faire lever un regard étonné vers le visage de l'homme à l'écharpe de prophète.

Betty croisa son regard, brutalement, comme s'ils avaient été seuls et tout proches l'un de l'autre. Et elle cessa aussitôt de sourire.

L'homme avait une belle tête brune et des yeux noirs. Il la fixait impassible, avec une expression qu'elle n'avait jamais vue à personne : une expression de mépris total.

Ce fut comme une brûlure, comme un coup. Elle fléchit sous ce regard et se sentit, honteusement, rougir. Tout vacillait autour d'elle.

L'homme eut un petit mouvement des lèvres, qui pouvait être ironique (il avait une bouche fière et ferme). Il redressa le col de son blouson, tourna les talons, et, comme un acheteur qui rejette une marchandise à l'étal, il s'en alla.

Elle eût voulu le suivre, le voir, savoir : mais elle demeura là, décontenancée, la bouche entrouverte. En un éclair, elle s'était vue par les yeux de l'homme à l'écharpe : petite étrangère trop sûre d'elle, habillée de façon ridicule, pérorant avec complaisance, faisant la leçon à des hommes et croyant tout savoir. Elle avait cru... Elle avait voulu... Mais que savait-elle, en fin de compte, de ce vieux pays ? Que savait-elle des hommes, des vrais, la petite sotte aux cuisses à l'air ? Et que signifiait ce zèle prétentieux pour des tableaux, quand on ignorait tout de la vie ? L'homme était parti d'un pas lent et solide. Il était réel. Et Betty sentait se défaire toutes ses ardeurs culturelles, soudain devenues aussi artificielles qu'un déguisement de location pour une mascarade.

Un regard l'avait jaugée et rejetée — justement rejetée. Cela faisait très mal. Cela faisait d'autant plus mal que jamais elle n'avait vu un homme si tranquillement viril, ni si hostile. Avec son John, avec ses beaux amis des soirs de fête, elle avait toujours eu conscience de ses mérites et joué de son autorité. Or, d'un coup, tout ce qui étayait sa confiance en elle-même avait croulé comme un château de cartes, sous un seul regard, presque insupportable.

Et la voilà, notre fière Betty, qui, sur cette place étrangère, frémit et tremble de honte — peut-être aussi de désir, sûrement aussi d'une odieuse soumission ! Il lui semble n'avoir jamais vu encore un homme si calmement dominateur. Faudrait-il donc des siècles de civilisation pour faire des maîtres dont le pouvoir n'a même pas besoin de s'exercer ?

Betty a soudain — quelle horreur ! — honte d'être femme, honte d'être américaine, honte de courir après des tableaux en jouant les amateurs cultivés — elle, une petite sotte, avec ses bottes rouges, et son incroyable soumission au regard d'un inconnu.

Elle se tourne vers les autres. Mais la magie du moment est évanouie. Mollement, un ou deux hommes se détournent pour reprendre leur partie de boules. Un jeune insiste, sans entrain :

— Pour le taxi…

Mais un autre le retient :

— Laisse donc…

Y a-t-il vraiment de l'ironie dans leur regard, à eux aussi ? Ont-ils peut-être fait exprès de la faire parler de Paris et de Saint-Tropez ? Était-ce un piège ? S'amusaient-ils ?

Très vite, elle se détourne.

— Je vais d'abord téléphoner ! Merci encore !

Elle part, très vite, dans la direction opposée à celle qu'a prise l'homme à l'écharpe verte. Elle marche ; elle court ; elle pleure. Ah ! comme elle aurait voulu se serrer contre cet inconnu, lui emprunter sa force, ses traditions, se cacher dans les plis de son écharpe verte ! Comme il était beau ! Comme elle le déteste ! Comme elle voudrait retrouver son petit mari, plus américain qu'elle, et plus naïf encore ! Comme elle voudrait tout oublier — les tableaux, et les hommes, et ce continent insaisissable !

L'autobus ne viendra jamais. Elle erre dans la rue avec, sur le visage, des larmes qu'elle n'essuie pas. Et en même temps une étrange volupté se mêle à son humiliation : elle a, pour un éclair, aperçu quelque chose de la vie.

*

Betty depuis lors a divorcé trois fois. Elle n'est jamais retournée en Italie. Et chacun sait qu'elle refuse de porter du vert. «Cela porte malheur», dit-elle. Et tout en fournissant cette excuse sur un ton badin, elle est à chaque fois transpercée par le souvenir de Borgo San Vitale et de ce seul regard. Être dominée par un homme n'arrive pas si souvent : comment se consoler de n'avoir jamais revu le seul qui lui ait donné ce sentiment ? Et comment se consoler de n'avoir pu lui rendre son mépris ?

Ah ! S'il l'avait vue, brillante et libre, dans les soirées de fête de Paris ou de Saint-Tropez !...

Il ne la verra jamais : la partie, elle le sait, est perdue depuis toujours.

# LE PORTRAIT

Le Grand Pavois, à Aix-les-Bains, est un hôtel luxueux et un peu morne, où ne vont guère ni les familles pourvues d'enfants, ni les jeunes aux moyens modestes. Dans la salle à manger, nous étions un des rares couples, Yvonne et moi, à n'avoir rien à cacher. Aux autres tables, on voyait ici un homme d'affaires bedonnant accompagné d'une « secrétaire » sémillante ; là de grosses dames trop fardées, flanquées de « chauffeurs » trop familiers, ou encore des couples d'homosexuels, affichant leur tendresse avec arrogance… Il y avait de tout ; et nous aimions bien, Yvonne et moi, observer et identifier cette faune exposée là, en liberté, comme en un parc zoologique.

Un couple pourtant, à ce séjour-là, nous déroutait. La femme était très âgée, le garçon très jeune ; Yvonne aussitôt l'avait appelé « le gigolo ». Mais il ne répondait pas exactement au type habituel. Il n'était ni beau ni fier de sa mise : il avait plutôt l'air d'un intellectuel épuisé. Il ne pouvait cependant passer ni pour un neveu ni pour un petit cousin : il n'y avait qu'à voir comme elle le couvait des yeux, ou lui posait doucement la main sur le bras. Alors il regardait autour de lui, apeuré, comme quelqu'un que la situation exaspère. Il dépendait d'elle, visiblement. Et, plus visiblement encore, il n'aimait pas cela.

Quand ils se levèrent de table, ce soir-là, nous les regardions ; et nous fûmes tous les deux témoins d'un incident plutôt étrange.

La femme, qui était lourde et forte, avait une canne, posée

près d'elle. Elle fit un mouvement pour la prendre. Et je vis, sans l'ombre d'un doute, le garçon donner un furtif coup de pied, brusque et instinctif, comme ferait un cheval vicieux : la canne tomba avec un bruit retentissant sur le sol de marbre. Des garçons s'empressèrent. Mais ils se regardaient tous deux, sans faire attention aux garçons. Elle semblait surprise et terrifiée. Alors il murmura quelque chose, lui prit la main et la baisa avec une infinie douceur. Puis il l'escorta jusqu'à l'ascenseur, où il la quitta.

Ce mélange d'hostilité et de soumission nous souleva le cœur. Le gigolo remplissait bien mal son office !… Mais, en même temps, tant de passions diverses semblaient courir entre eux, comme des fils emmêlés, tout prêts au court-circuit, que l'on restait un peu intimidé, presque inquiet.

— Il la hait, murmura Yvonne. Il pourrait un jour la tuer, crois-moi !

Je haussai les épaules. Je pensai, à part moi, qu'il y avait aussi entre eux une sorte de sollicitude éperdue. Bref, on lit sans doute trop de romans policiers : au moment où nous allions monter à notre tour, je dis à Yvonne que je resterais un moment en bas, et qu'elle ne m'attende pas. J'avais envie d'en savoir plus.

*

Le garçon était allé s'installer au bar. J'attendis un moment, puis je le rejoignis. Il avait commandé un double cognac. Il fut facile d'entrer en relations avec lui. À ma grande surprise, il était sympathique. Il vous regardait bien en face, de ses yeux bruns, comme un petit écureuil, toujours inquiet mais prêt à nouer amitié, instable, à la fois sauvage et liant. On aurait dit un être qui voudrait sortir de sa cage et n'est pas sûr d'en avoir le droit.

Je me risquai à lui demander s'il venait souvent à cet hôtel : cette idée parut le choquer :

— Non, oh ! non… je suis peintre.

Il lançait cela comme une explication cohérente. L'obscurité de sa réponse facilita mon indiscrétion : je lui déclarai ne pas voir le rapport. Et alors par bribes, par secousses, gauchement, il me dévida toute l'histoire. Il paraissait soulagé de parler, bien qu'inutilement agressif.

La femme était Dora Marnier. Il s'étonna de mon ignorance : elle avait été, pendant des années et très ouvertement, la compagne de Brice Pollock. Là, mes connaissances étaient vagues, mais je connaissais au moins le nom : Brice Pollock avait été un peintre très célèbre, mort depuis peu. Apparemment, la veuve avait pris en main la carrière du jeune disciple, et, la solitude venant avec l'âge, elle avait bientôt mis tout son cœur dans l'affaire.

Le garçon avait détourné la tête, gêné :

— Elle… (Dora)… Elle pense que je peux réussir. Elle… Elle m'aide. Elle me conseille. Elle me fait voir des gens. Elle m'a invité ici.

Il y eut un silence ; et je vis alors ce visage pourtant adulte et déjà buriné rougir peu à peu, se colorant d'un feu sombre, de mauvais aloi. Il avait voulu revendiquer vis-à-vis de moi sa pauvreté ; et à présent il sentait ce qu'avait de faux sa situation. On n'est pas à ce point l'obligé sans rien donner en échange. Il ne voulait pas qu'on le prît (comme nous l'avions fait) pour un vulgaire gigolo. Mais il ne voulait pas non plus avoir l'air d'un profiteur. Il avait déjà bu, coup sur coup, rageusement, plusieurs cognacs, et il semblait vibrer d'inquiétudes confuses.

— Elle est très bonne pour moi. Et j'essaie…

Il se passa la main dans les cheveux avec impatience et changea sa phrase :

— Elle n'aime pas être seule. Elle a été si entourée. C'est triste, vous savez… Alors, elle aime s'occuper d'un pauvre type qui peut…

Je ne puis rapporter ses mots. Il butait sur eux, se justifiant éperdument de ce dont nul ne l'accusait ; et je fus convaincu de sa bonne foi. Cette liaison orageuse ne correspondait pas à ce que nous avions cru : le sexe n'est pas seul à faire tomber les êtres dans les pièges de la passion. La culpabilité et l'ambition, la solitude et la pitié, sont aussi de bons ingrédients. Je voulus l'apaiser en lui parlant de sa peinture ; mais il s'assombrit encore :

— J'essaie, dit-il. Si j'étais sûr… Mais elle, elle croit en moi. Elle croit vraiment en moi.

Soudain il regarda l'heure et me dit :

— Je vous en prie, restez. Je reviens. Je voudrais voir si elle n'a pas... Mais je reviens.

Il s'inquiétait d'elle. Il allait monter lui dire bonsoir, comme on fait aux enfants apeurés. Il vivait de cette confiance qu'elle avait en lui... Pourtant il avait fait tomber la canne exprès, à la salle à manger : je l'avais vu ; j'en étais sûr. Pourquoi ? Je décidai qu'Yvonne s'endormirait sans m'attendre. Et je restai.

*

Lorsqu'il redescendit, il avait l'air calme, détendu, et même content. Sans doute avait-il enfin, pour un temps, bonne conscience.

— Tout va bien, dit-il, comme s'il revenait du chevet d'un malade.

Alors, bêtement, je demandai :

— Mais cette dame... n'est pas souffrante ?

Cela suffit ! De nouveau, je pense, il sentit une critique latente dans ma question. Il sentit que ces attentions envers la vieille dame le ridiculisaient ; et, comme on passe d'un mouvement d'une symphonie à l'autre, j'eus droit à un retournement complet :

— Non ! non ! Mais elle est comme cela ! Qu'est-ce que j'y peux ? Elle m'invite, elle m'aide, je lui dois tout. Et alors ? Et alors ? Est-ce ma faute si elle en fait trop, si elle s'énerve, le soir ? si elle m'oblige...

Il s'arrêta :

— Non, elle ne m'oblige pas. Je ne suis pas obligé ; c'est pire : je suis « son obligé » ! Vous comprenez la nuance ? Son obligé, en tout ! Croyez-vous que ce soit tenable ? Je vais boire, encore, à ses frais. Et demain je ne pourrai pas peindre. Elle me paralyse ; elle me dévore ; elle m'empêche de respirer.

Il s'arrêta encore :

— Non, elle ne m'empêche de rien.

Je ne savais plus comment l'arrêter : je suis curieux des gens, mais j'ai horreur des confidences publiques ; et je trouvais ce garçon injuste et déséquilibré. J'avais envie d'aller me coucher, de le laisser à ses complexes et à sa vie de parasite.

— Je vais vous laisser, dis-je.

Mais il vit dans mon départ une condamnation envers lui (en quoi il n'avait pas tort); et dès lors il s'accrocha à moi, parla, plaida, gémit : il buvait sans arrêt et semblait possédé par une haine désespérée.

Je n'ai jamais compris comme ce soir-là à quel point on peut souffrir d'être aimé et aidé. Dora Marnier s'était raccrochée de toutes ses forces à ce garçon, utilisant pour se l'attacher le renom de son ancien amant. Elle avait guetté, quémandé. Et surtout elle avait donné, sans mesure, sans cesse, ce qui est en fin de compte la plus sûre façon d'exiger. Pauvre Dora, aux nerfs usés, au corps brisé, elle connaissait sans doute avec lui des moments de douceur : l'avoir à sa table, le voir lui baiser la main, longuement, comme au temps de sa beauté, attendre son bonsoir avant d'éteindre, comme au temps de son innocence... Oh! J'imaginais bien cette douceur, dans la traversée du désert qui marque la fin d'une vie. Mais j'imaginais aussi les déboires, les offenses, l'amertume d'avoir à tant lutter pour faire accepter ses bienfaits. Et lui, visiblement, n'en pouvait plus. Il étouffait de tant lui devoir. Ma première impression était juste : il était en cage — enfermé derrière les grilles d'une tendresse jamais assouvie et un peu déshonorante.

Il avait dit une heure plus tôt : «Elle est si bonne.» Il le pensait; et c'était vrai. Mais chaque marque de bonté était une note à payer, qu'il ne pouvait pas payer. Encore, entre eux deux, était-ce possible : ainsi tout à l'heure, quand il était monté. Ces moments-là restaient leur secret à eux deux. Mais, dès l'instant où il y avait là des témoins, alors il se voyait par leurs yeux, veule serviteur d'une femme âgée et riche. Il détestait la vieillesse de Dora, sa richesse, ses appels secrets. Et, à ces moments-là, oui, il faisait tomber la canne, avec fracas, sur le marbre, pour faire voir à chacun qu'elle était vieille, et ainsi lui faire mal, par vengeance.

Brusquement je lui demandai :

— Vous avez fait tomber sa canne, tout à l'heure, exprès ?

Il se prit la tête entre les mains :

— Je ne voulais pas le faire. Mais elle m'a pardonné.

Puis, avec une rage nouvelle :

— Elle pardonne toujours.

*

Ce fut une soirée pénible. Il me laissa sa carte. Sans doute lui avait-elle dit de toujours attirer l'attention sur son nom : « Édouard Philippon » devait devenir le nom d'un grand peintre — aussi grand que Brice Pollock.

Et le fait est que ce nom fut ce qui attira mon attention un an plus tard : on annonçait le vernissage d'une exposition, dans une galerie très honorable de Paris. Le nom, d'abord, ne me rappela rien. Puis, je me souvins de tout ; et je décidai d'aller voir.

Philippon était là : il me reconnut aussitôt. Il était calme et souriant. Plus trace de complexes. Et je compris vite pourquoi. Il m'annonça tout de suite que Dora était morte, six mois plus tôt. Un instant je me rappelai le verdict d'Yvonne déclarant que le garçon pourrait fort bien, un jour, en venir à la tuer. Mais il ne l'avait pas tuée : elle était morte alors qu'il se trouvait lui-même au Maroc ; et sa mort avait été causée par une crise cardiaque, qui n'était pas la première.

— La pauvre, elle était un peu forte, expliqua-t-il sur le ton chagriné qui convient à l'héritier en deuil.

Et lui ? Eh bien, elle lui avait laissé un petit quelque chose qui lui permettait de se faire un peu connaître. L'exposition semblait devoir être un succès…

Tout en parlant, il saluait des arrivants, à droite et à gauche. De toute évidence, il était lancé ; elle avait su mener au succès son protégé, en dépit des révoltes qu'il avait si mal ravalées.

Je le laissai à ses visiteurs et commençai le tour de l'exposition. Bien que n'y connaissant pas grand-chose, je fus sceptique sur le mérite de ces toiles.

J'avais fini la première salle, la plus grande, quand je pénétrai dans une sorte de petite rotonde. Là, un seul tableau, très grand, terrible — un portrait d'elle.

Je m'arrêtai saisi. Je viens de dire que le tableau était terrible : j'entends par là qu'il était à la fois cruel et tragique. Dora Marnier était étendue sur un sofa, les chairs lourdes, la tête penchée en une attitude presque suppliante et une main ouverte, tendue vers le dehors dans un geste d'attente comme pour offrir, ou pour mendier. Le peintre avait procédé librement, à la manière moderne, laissant les volumes éclater en masses indépendantes : les diverses parties du corps de Dora semblaient, par suite, disloquées et comme brisées. Elles étaient du reste prises dans de grands pans brutaux de lumière et d'ombre, comme si déjà elles ne lui appartenaient plus. Mais le regard des grands yeux sombres semblait relever d'un style tout différent. Ce regard était vivant, finement coloré, et comme luisant de larmes : il vous fixait en un appel insupportable. C'était le regard des amours impossibles, des dons inutiles, des renoncements honteux. C'était le regard qu'elle devait avoir, au seuil de la nuit, quand elle guettait, elle, la personne si longtemps adulée, la venue de celui qui lui souhaiterait une bonne nuit. Il avait dû haïr ce regard. Il avait dû en être ému, honteux. Il avait dû lui céder, être apaisé de céder et furieux de l'avoir fait. Il avait dû être hanté par ce regard. Et, pour cela, il l'avait fixé, à jamais, sans merci.

Il me rejoignit devant la toile, et attendit :

— Quel beau tableau ! murmurai-je.

À quoi il eut l'inconscience de répondre :

— Je crois qu'elle en aurait été contente.

Je fus suffoqué :

— Elle ne l'a pas vu ?

— Non. Je préférais… Je ne l'ai fini qu'après. Mais je crois qu'elle l'aurait trouvé bon. Je crois !…

Je n'eus pas le courage d'approuver. Dora Marnier aurait eu peine à supporter cette image de ce que son Édouard voyait en elle. C'était comme le coup de pied renversant la canne et faisant sonner le pommeau sur le marbre. C'était la trahison. Cela, peut-être, l'aurait tuée.

Je me tournai vers le garçon. Il n'avait ni doute ni remords. Finalement, il avait trouvé un moyen de la tuer en image, devant tous, pour toujours. Et il avait très bonne conscience.

— Elle était si bonne, répéta-t-il avec componction.

Ceux qui se nourrissent des cadavres, comment les appelle-t-on ? Une pitié dévorante me saisit pour la femme aperçue un seul soir.

Et puis, avant de partir, je me tournai une dernière fois vers ce regard de vieille femme aux abois. Et la force du tableau me frappa. C'était vrai, malgré tout. De leurs deux souffrances affrontées, quelque chose était né, qui durerait. Grâce à elle, il avait peint son chef-d'œuvre.

Je jetai, bien vite :

— Eh bien, elle a eu raison de croire en vous...

Et je sortis sans lui serrer la main, espérant de tout mon cœur qu'il ne peindrait plus jamais rien de bon et que je ne le reverrais jamais.

# SI JE PARTAIS !...

_blazing_

L'idée était monstrueuse et sans rapport avec rien dans la vie de Jacques ou ses habitudes ; mais elle s'imposa à lui en une sorte de révélation fulgurante : au lieu de rester là, assis sur ce banc, dans cette chaude soirée d'août, à ruminer son amertume et sa misère, il pouvait partir ! Il pouvait laisser là sa femme et ses deux garçons, tout abandonner, prendre ce chemin qui longeait la côte, rejoindre la ville, trouver un train, disparaître ! Il suffisait de le vouloir. Et tant pis pour les conséquences ! L'existence qu'il menait était stupide et intolérable.

Sans doute, comme chez bien d'autres, l'agacement et la déception s'étaient-ils amassés peu à peu, sans qu'il réagît. Il s'était laissé emprisonner. Il avait accepté une chose, puis une autre, et bientôt tout. Ce soir, c'était trop.

La coupe avait soudain débordé, alors qu'ils remontaient d'une de ces journées épuisantes sur cette plage trop chaude, avec les enfants fatigués et nerveux, l'encombrement des matelas pneumatiques, des masques et des tubes, des serviettes, des parasols. Ludo, le cadet, s'était mis à hurler presque tout de suite parce que son frère lui avait pris Dieu sait quel coquillage. Ils avaient tous eu trop chaud, toute la journée, sur une plage encombrée. Ils avaient l'estomac barbouillé de Coca-Cola. Ah ! comme Jacques détestait la Côte d'Azur l'été !

Mais ce n'avait été là que l'ennui bien connu de ces vacances : il avait l'habitude. Les choses s'étaient aggravées lorsque Jacques avait suggéré — oh ! juste suggéré — que ce

serait bien de pouvoir une fois prendre des vacances en Bretagne, où l'air était vif et où la mer était une vraie mer. Il
avait même murmuré, sans savoir d'où lui venait un désir
tout à coup si âpre : « J'ai envie de sel et de vent… » Il avait
dit cela presque malgré lui, tout bas, comme si les mots lui
étaient montés aux lèvres d'eux-mêmes, poussés par une
force profonde. Il aurait pourtant dû prévoir les conséquences
d'une telle imprudence ! Peut-être Jacqueline était-elle éner-
vée, elle aussi, par cette journée d'enfer ; mais il avait eu
droit, cette fois, au grand jeu ! Pourquoi ils n'allaient pas en
Bretagne ? Parce qu'il ne gagnait pas assez pour leur payer
l'hôtel à eux quatre ! Parce qu'il avait la chance d'avoir des
beaux-parents installés sur la Côte et qui, chaque année, à la
saison chaude, leur prêtaient leur duplex ! Il avait assez
admiré cet endroit, la première fois ! Mais il fallait croire que
ce n'était plus assez bien pour Monsieur ! S'il croyait qu'elle
était satisfaite, elle, avec les gosses à surveiller, la cuisine, et
lui qui n'aidait même pas ! Cela lui allait bien, d'avoir des
envies de vent et de sel : il pourrait commencer par rincer les
maillots des enfants, raides de sel !… Tout cela était sorti
selon un ordre prévisible et avec la soudaine vulgarité que sa
femme apportait dans ce genre de scènes — comme si elle
devenait alors l'actrice d'une mauvaise pièce. Tout y était
passé. Elle avait dit… Mais il ne voulait pas se rappeler. Elle
avait naturellement pleuré, de façon ostensible et méchante.
Elle faisait cela très bien et n'avait pas lésiné. Hélas, il avait
eu envie de vent et de sel : il avait eu droit au vent de la colère
et au sel des larmes.

   Car — comment faire autrement ? — il avait répondu ; il
avait dit… Qu'importe ce qu'il avait dit : ce n'était pas le
quart de ce qu'il pensait, ni de ce que dix ans de vie commune et de haine avaient fait mûrir en lui. Il s'était contrôlé :
ces dix années lui avaient aussi appris que les cris ne servent
à rien. Il avait mis le couvert. Il avait dîné, sans ouvrir la
bouche. Et, enfin, il était sorti, comme tous les soirs, fumer sa
pipe dehors. Il n'aurait pas pu tenir une minute de plus.

   Et c'est ainsi qu'affalé sur un des bancs de l'avenue des
Roses, tout seul, sa pipe éteinte, soudain il avait senti cette
envie fulgurante : « Si je partais ! »

*

Pourquoi ce soir ? Il avait supporté bien des scènes et bien des amertumes. Pourquoi, ce soir, était-ce pire ? Il semblait qu'un besoin de fuite était né, brutal, irrésistible. Et ce besoin s'était fait jour, déjà, dans cette remarque stupide, qui avait tout déclenché, en parlant de sel et de vent. Il avait ressenti ce besoin, comme on aspire à de l'eau quand on meurt de soif.

Sur le moment, cela avait semblé anodin. Mais à présent, seul sur ce banc, il reconnaît le souvenir qui lui avait arraché ces mots, comme une plainte.

C'était un si vieux souvenir, enterré en lui depuis vingt ans, oublié, sans importance ; un souvenir d'un soir de sa jeunesse, d'une nuit bretonne, d'une heure de délire bienheureux, sur un autre banc, dans le sel et le vent.

Ils étaient sortis de l'auberge, lui et cette jeune fille inconnue, pour admirer la tempête. Ils avaient été presque jusqu'au phare. Il n'y avait personne. Il faisait nuit. Le vent montait de la mer, sifflait, tournoyait, grondait. Ils avaient de solides cirés ; mais leurs visages étaient ruisselants — de pluie ou d'embruns, qui sait ? — et leurs cheveux, tirés en arrière par le souffle du large, frappaient leurs joues glacées. On sentait une très forte odeur de mer, d'écume, et d'algues. En une pareille nuit, tout semblait possible.

Ils étaient restés longtemps sur ce banc, fouettés par l'air, face à un horizon tout sabré de vagues. Quelque part dans le ciel, les nuages avaient laissé passer des éclats de lune, qui surgissaient puis disparaissaient. De même, surgissaient et disparaissaient les coups de lumière de l'autre phare, plus loin — dernier signe que la terre lançait vers l'inconnu. À chaque fois, ils entrevoyaient leurs deux visages mouillés sous les cheveux fous.

Ils étaient serrés l'un contre l'autre, pour mieux lutter contre la rafale. Il se souvenait de l'avoir embrassée ; mais peut-on employer ce mot ? c'était une caresse chaste, et pourtant ivre et folle, quelque chose d'irréel, de passionné, de naturel. Ils ne distinguaient plus bien leurs visages l'un de l'autre, ni leurs lèvres glacées, ni leurs joues ruisselantes — giflés de mer ou de pluie, de pleurs aussi, peut-être, tant ce paroxysme extérieur les arrachait à eux-mêmes. Ils étaient rivés à ce banc, comme au seuil de la fin du monde.

Mais surtout il se souvenait qu'ils avaient parlé. Dans les moments où le vent faiblissait, très vite, comme s'il fallait, justement, tout dire avant la fin du monde, ils avaient dit leurs rêves, leurs ambitions, sans scrupule ni réserve. C'était l'époque où il voulait écrire et voyager. Ce soir-là, il lui était possible d'en parler, d'y croire. Il l'avouait, les yeux au large ; et, sur la houle de la mer on aurait dit, déjà, l'inspiration qui se gonflait et les navires qui appareillaient ! Elle voulait étudier les astres. Et ils levaient ensemble la tête vers ce vaste ciel sans étoiles, certains que ses splendeurs cachées révéleraient un jour leurs mystères, de plus en plus loin, vers les galaxies. Ils disaient tous deux ce qu'ils n'auraient pas dit dans le cadre de la vie normale. Ils étaient les deux seuls humains dans un monde sans limites. Ils étaient comme deux petits frères, unis à jamais.

Il avait à présent oublié le nom de la jeune fille, dont il n'avait plus entendu parler (son groupe partait le lendemain). Peut-être ne l'avait-il jamais su. Et cela n'avait aucune importance. Mais en ce soir d'août, seul, au bord de cette mer tiède, cette soirée lointaine de sel et de vent l'étreignait d'une nostalgie aiguë.

Il se souvenait ! Tout ce qu'il avait cru possible, tous ces espoirs bondissant dans le vent, et ce petit être trempé, qui devant l'infini faisait presque partie de lui-même... Cette tension, cette violence, cette tendresse !...

Quand, tout à l'heure, remontant de la plage trop chaude, il avait murmuré : « J'ai envie de vent et de sel », il était retourné, sans le savoir, vers cette heure de haut déferlement, où tout semblait encore possible.

Il avait cru... L'on tombe si bas, sous l'usure de la vie, qu'il avait cru soupirer seulement après un autre climat, après la fraîcheur et le plaisir de respirer. Il avait tout engagé de travers, parce qu'il s'y était trompé lui-même. Son souhait visait-il donc de sages vacances en Bretagne, Monsieur, Madame et les enfants, avec d'autres plages, d'autres jouets et des querelles équivalentes ? Évidemment, non ! Ce dont soudain l'envie lui était montée aux lèvres était le temps de tous les élans, et de toutes les libertés. Qui dit vent dit liberté ; et qui dit sel dit courage amer, viril.

« Si je partais !... » répète Jacques, sur son banc au pied d'un grand palmier. Partir, comme partent les navires. Partir, poussé par le vent. Échapper au piège qui s'est peu à peu refermé sur lui.

Dans l'instant où l'idée avait surgi, elle lui avait paru soudain réalisable. Il s'était vu — merveille ! — prenant tout simplement la route au hasard, quittant la France, changeant de nom, plus tard obtenant le divorce... Le désir était si aigu que les difficultés s'estompaient. À présent, le souvenir de Ker Douar est revenu à sa conscience. Et il mesure ce qu'il comporte d'un peu fou, de trop jeune, d'illusoire. Le temps a passé, depuis lors. Le vent s'est apaisé. Les espoirs sont morts. Qui sait si sa compagne de la tempête n'est pas aujourd'hui penchée sur les comptes du ménage, tout comme sa femme ? Lui-même, saurait-il aujourd'hui écrire, ou voyager ? S'il ne l'a pas su quand il avait dix-huit ans et que rien ne le retenait, sans doute n'avait-il pas l'étoffe qui fait les écrivains ou les voyageurs.

On remet à plus tard. On se laisse séduire. Personne ne vous prévient. On vous pousse d'abord à passer tel examen, à trouver avant tout un emploi. On vous offre de toutes parts le modèle de vies en série. Tout le monde n'a pas la force de résister. À la première fille qui jette sur vous son dévolu, on vous félicite et vous encourage. « Jacques et Jacqueline, comme c'est attendrissant ! » Personne ne vous crie casse-cou. Peu à peu, les nœuds se nouent, les chaînes se resserrent, l'étau se renforce. On lit le journal. On regarde la TV. On met le couvert. On vient, année après année, dans le duplex des beaux-parents, sur cette maudite Côte, où tout le monde s'entasse. Hélas ! qui n'y est pris ?

« Aurais-je le courage ? se demande Jacques. Aurais-je le courage de vraiment repartir à zéro ? » Et, question plus grave : « Aurais-je eu assez de courage, déjà alors ? À dix-huit ans, tout épris de sel et de vent, aurais-je eu le courage, si quelqu'un m'avait averti, de freiner et de tourner court, d'écrire, de mal écrire, d'être blâmé, de croire en moi, tout seul ?... »

Il est moins révolté que tout à l'heure ; mais il est plus malheureux ; car toute sa vie est maintenant en question ; et pas seulement sa vie, mais celle de tous ces pauvres gens, pareils à lui : ceux qui ont traîné sur la plage, avec leur marmaille criarde, et qui voulaient jadis être aviateurs, pilotes, explorateurs, ou ceux qui, en ce moment, travaillent en ville (« Métro, boulot, dodo ») et qui trompent leurs épouses à la sauvette, faute de pouvoir tromper leur destin.

Jacques frappe sa pipe, longuement, contre le banc. Il a le sentiment confus de comprendre des choses importantes, qu'il ne saurait exprimer, mais qui l'accablent. Le ciel s'est piqué d'étoiles. Un faible vent remue le haut des palmiers, mollement. L'heure des grands départs est peut-être passée. Il reste.

\*

Jacques avait choisi le dernier banc face à la mer, là où un groupe de maisons s'interpose entre la route et le rivage. Une villa basse, garnie de bougainvillées, se dressait sur sa gauche ; il n'en venait ni bruit ni lumière.

Mais, comme il était là à ruminer le chagrin d'être, tout à coup, une fenêtre s'ouvrit au premier étage et de la musique jaillit, coulant vers lui, comme une apparition toute proche.

C'était un violon, à la voix étonnamment pure, qui dialoguait avec un orchestre : de toute évidence, du Bach. Mais l'accord qui se fit avec la douleur de Jacques lui sembla tenir du miracle.

Il s'était plaint. Il avait voulu fuir. Et la voix du violon se plaignait mieux qu'aucune voix humaine n'eût pu le faire. Elle déroulait une phrase longue, lente, infinie. Parfois elle montait jusqu'à une note haute, déchirante. Puis elle revenait, hésitait, reprenait la même douleur, et rejoignait enfin la même note, qu'elle laissait se prolonger en un appel désespéré.

Un son si pur et si chargé d'émotion : n'était-ce pas Yehudi Menuhin ? Jacques l'avait entendu parfois, grâce à des enregistrements ; et le souvenir renforça encore pour lui l'impression d'une rencontre personnelle.

Car le violon pleurait pour lui. Il disait sa peine à lui, Jacques, mais élargie et transposée. Il donnait à cette peine la dimension que ses pensées avaient si gauchement tenté d'atteindre. En la partageant, en l'exprimant, il la rendait humaine ; et, par là même, il lui apportait une réponse.

Quelque chose, en effet, avait disparu : le violon ignorait les soubresauts des petites rancunes : et il ne gardait la nostalgie et la douleur que pour les insérer dans un ensemble, où tout se trouvait réconcilié.

Jacques n'eut pas le temps de se demander d'où venait ce sentiment de conciliation. Peut-être le miracle tenait-il à ce que la douleur du violon n'était pas isolée : l'orchestre lui répondait ; un ordre s'instaurait. Jacques le sentait confusément. Il savait surtout qu'une paix descendait en lui. Et il écoutait, retenant son souffle, ému de recevoir, dans cette musique tombée sur lui par hasard, à la fois l'image de sa propre désolation, et la réponse que celle-ci appelait en vain.

Il aurait voulu tout retenir, afin de comprendre. Mais de note en note, tout lui échappait : il fallait seulement écouter et se laisser entraîner.

Comment avait-il pu, tout à l'heure, céder à ce point aux contrariétés matérielles ? Comment avait-il pu mêler sa douleur d'homme à la chaleur des plages, aux criailleries enfantines et aux revendications conjugales ? Comment avait-il pu ne pas reconnaître le vrai sens de sa nostalgie pour la nuit bretonne d'autrefois ? Ce qu'il avait ressenti était la grande peine de la jeunesse enfuie, de sa vie étriquée, des vies étriquées et des espoirs humains voués au néant.

La seule consolation à une telle peine était de penser que quelqu'un pouvait en exprimer le tragique. Or la musique l'avait fait. Et cela aussi était apaisant.

La paix coulait désormais en lui, pénétrait ses membres, modifiait sa respiration, commandait les battements de son cœur. Tout s'ordonnait enfin. Il rentrerait. Il s'excuserait. Qu'importait, après tout ? Et, quand la vie serait intenable, il aurait recours à Bach — à ce Bach-là — en souvenir...

Le mouvement, cependant, était près de finir. Il s'achevait sur une note ténue et insistante, qui disait la pitié et l'attente. Un autre mouvement allait suivre, sans doute rapide et triomphant, porté par une foi que Jacques eût voulu avoir, mais qu'il n'avait pas. La musique allait-elle, déjà, le quitter?

De fait, après un bref silence, éclata une série d'arabesques bondissantes. Et puis il y eut un déclic : la personne qui écoutait le disque l'avait arrêté. Elle aussi avait voulu s'en tenir à la poignante compassion du mouvement lent. Elle aussi devait sentir le besoin de noyer dans son harmonie quelque douleur ou quelque pitié. Elle devait à présent, comme Jacques, se sentir lavée et purifiée.

Jacques ferma les yeux un instant. Puis il fit ce qu'il n'aurait jamais fait dans la vie normale. Il alla à la porte de la maison et sonna. Une autre fenêtre s'ouvrit et une voix féminine demanda :

— Qu'est-ce que c'est? Qui a sonné?

Jacques recula pour être vu.

— Pardonnez-moi, Madame, c'est moi. Vous venez de jouer un disque de Bach. Par hasard, j'ai entendu...

— Oh! c'est vrai, j'avais ouvert la fenêtre : il faisait si chaud! Pardonnez-moi, Monsieur.

— Au contraire, c'était si beau...

Il y eut un silence. La femme se penchait. Elle était relativement jeune et portait un déshabillé tout blanc. Elle murmura :

— Oui, j'aime ce disque. C'est si triste, n'est-ce pas? Et si réconfortant.

Elle avait dit les mots qu'il aurait choisis.

— C'était...?

— Le double concerto en la mineur.

— Ah! oui, dit Jacques.

Il ne connaissait que très mal l'œuvre de Bach, mais il ne voulait pas l'avouer à cette femme. Il dit seulement :

— Merci.

Et elle, sentant la chaleur de son remerciement, lui jeta, presque tendrement, avant de fermer la fenêtre :

— Bonne soirée. Vous verrez, tout ira bien.

*

Pourquoi pas? N'est-il pas miraculeusement parti ce soir, sans heurt ni douleur, loin de sa vie étriquée? Partir ainsi reste possible. Et des horizons s'ouvrent alors, qui désormais vous appartiennent.

— Quelle nuit ! murmure-t-il.

La nuit est sans vent ni sel, mais douce et tendre comme un cœur consolé ; et le clapotis de la mer distille — enfin — la paix du soir.

*Non! Laissons là les œufs de Pâques et l'artifice des longues métaphores : j'ai dit qu'il s'agissait de ma vie. Or une vie est faite de rencontres. Rencontres avec des personnes, avec des lieux, ou avec sa propre image, renvoyée par des témoins sans pitié.*

*Tout cela laisse sa trace.*

*Cette trace n'est pas l'expérience, à laquelle, en fin de compte, je ne crois guère. Cette trace est faite de tout ce qui nous a surpris, déroutés ou instruits. Car la seule leçon certaine est que rien n'est jamais aussi banal et prévisible qu'on l'eût pensé : la vie ignore la langue de bois.*

# LOUISE

J'ai connu Louise quand ils se sont fixés, son mari et elle, dans la grande demeure qu'ils avaient achetée au-dessus d'Apt. Ils étaient belges ; ils étaient riches, et le mari était très brillant : un gros brasseur d'affaires, mais en même temps un homme cultivé, au courant des problèmes politiques, sur lesquels il avait publié des essais et prononcé ici ou là des conférences ; de plus, un causeur animé, au rire communicatif. Il lisait beaucoup.

Qu'était venu faire un homme comme lui dans ces collines du Luberon ? Tout le monde s'en étonnait, mais la réponse ne comportait aucun mystère. Raoul Duvalloy avait eu plusieurs accidents cardiaques, et ses médecins lui avaient conseillé de renoncer à la vie trépidante qu'il menait à Bruxelles, pour changer de rythme et de cadre. Ils avaient gardé un pied-à-terre à Bruxelles et l'homme d'affaires était devenu gentilhomme campagnard. Il écrivait. Elle le regardait écrire.

Il était délicieux d'être reçu chez eux. Leur demeure avait l'harmonie secrète de ces grandes bastides de pierre blonde, qui ne se refusent pas des airs de châteaux. Cachée derrière un épais rideau d'arbres, elle se découvrait au sortir d'un tournant dérobé ; alors, elle offrait tout à coup ses fastes, avec un perron majestueux, large comme une terrasse, auquel menait un double escalier courbe, aux degrés garnis de géraniums exubérants. Au pied de ce perron et de ces balustrades, un vieux bassin ovale reflétait la maison : en son centre, un amour en pierre un peu usé par le temps laissait couler un filet d'eau continu, dont le clair ruissellement représentait le luxe traditionnel des demeures méridionales. En haut, sur le perron, il y avait des sièges, une balancelle, et un vieux parasol vert pâle — du même vert que les volets. C'est là que, pendant toute la belle saison, Raoul recevait les quelques amis qu'il s'était trouvés dans la région.

Je dis « Raoul » : on remarquera que je ne dis pas « Raoul et Louise ». Elle était là, pourtant. Elle vivait dans son ombre, effacée et soumise.

Le contraste était, entre eux deux, saisissant. Il rayonnait de tant d'éclat, et elle était si muette et soumise ! On eût dit la lueur pâle d'une bougie devant l'or d'un tabernacle. Elle semblait faite pour le silence et pour ces grands fauteuils d'osier, où elle restait assise, approuvant d'un sourire, n'intervenant jamais. On ne pouvait, les voyant ensemble, éviter de se poser des questions.

Eh bien, non ! Elle n'était pas une humble comparse, épousée pour les soins du ménage, ni quelque jolie fille un peu sotte, l'ayant jadis séduit par sa fraîcheur et n'ayant jamais triomphé de sa timidité initiale. Non : elle était d'une excellente famille — une famille à particule — dont la richesse remontait loin. Elle avait été une jeune fille jolie et courtisée : j'ai vu des photos d'elle, où elle a tout des beautés d'alors, dans le style hollywoodien ; et l'on comprenait très bien que le jeune Raoul, en train de se faire un nom et une fortune, fût tombé sous le charme de la belle. Quant à elle, elle fut éblouie. Sa famille le fut moins : sa famille avait tort.

Après un tel mariage, on pouvait s'attendre à voir la supériorité sociale de Louise lui donner une sorte d'autorité dans le ménage : il n'en fut rien. Je ne sais ce que furent leurs premières années. Il devait, je crois, la sortir beaucoup, lui offrir des bijoux, l'emmener en voyage (j'ai vu des photographies, et j'ai vu les bijoux). Mais mon impression est que, déjà alors, elle suivait. Elle semble avoir été, dès le début et sans effort, la jeune épouse admirative et discrète. Elle portait les bijoux comme on porte une alliance, ou les couleurs d'un maître. Je n'ai jamais entendu la moindre allusion à des flirts ou à des admirateurs. Elle ne s'occupait que de lui, heureuse de l'écouter, bouche bée, et de se taire.

Quand je les ai connus tous deux, elle se taisait ainsi depuis vingt-cinq ans. Elle se contentait d'un petit rire d'approbation quand il parlait, ou, au plus, de petites phrases timides destinées à le mettre en valeur. Elle ne paraissait guère intelligente.

Dévouée, oui ! Elle l'avait soigné lors de ses accidents de santé. Elle avait tout quitté pour le suivre dans cette solitude du Luberon. Elle veillait sur lui, servait des rafraîchissements, vantait la maison — parce qu'il avait su la découvrir. Personne ne faisait très attention à elle, et elle semblait trouver cela tout naturel.

Raoul lui-même vous poussait en ce sens, il faut l'avouer. Il était, envers elle, affectueux ; mais, sitôt que la conversation sortait des banalités matérielles, il tirait son fauteuil vers vous, d'un geste qui écartait Louise, comme on écarte un petit chien de ce qui n'est pas pour lui. Il lui arrivait même, lorsque l'on était seul avec lui, de dire avec indulgence : « Cette pauvre Louise ! Il ne faut pas l'ennuyer avec cela ! Les idées, ce n'est pas son fort !... » Oui, j'ai honte de le répéter, honte d'y penser, mais cet homme si courtois, ce mari si admiré, était si convaincu de la sottise de Louise qu'il pouvait, entraîné par l'évidence, s'exprimer avec cette muflerie. Il l'a fait. Plusieurs fois. Cela n'entamait pas son indulgence attendrie envers elle : Louise était pour lui, sans aucun doute possible, une chère et tendre idiote.

Il eût pu d'ailleurs tenir de tels propos devant elle : elle eût été d'accord. Elle m'a dit un jour, je m'en souviens, qu'elle était si heureuse qu'il eût des visiteurs avec qui parler de choses intéressantes. Elle le disait de façon candide et convaincue. Comment n'eût-on pas admis ce qu'elle-même admettait si paisiblement ?

J'aimais cette modestie, en elle, et cette absence de prétention. J'ai dit qu'il l'écartait parfois comme un petit chien : alors le petit chien va se coucher un peu plus loin, et, le museau sur les pattes, l'œil sur son maître, dévoué, obéissant, il attend. Parfois, une oreille se dresse. Il aime son maître. Il ne comprend rien, mais il est content.

*

Malgré le changement de vie, Raoul eut une nouvelle crise cardiaque, environ dix-huit mois après leur installation ; et, cette fois, il resta fort handicapé : il était paralysé du côté droit et ne s'exprimait pas sans difficulté. Louise le soigna avec un zèle touchant ; mais elle était un peu perdue, incertaine sur les médecins et les infirmières, partagée entre son désir de le sauver et son désir de lui faire plaisir. Lui, visiblement, savait que sa fin était proche ; et il s'inquiétait. Il me dit un jour, au prix de gros efforts : « S'il m'arrivait... vous l'aideriez ? Louise... elle ne saura jamais se débrouiller. Vous l'aiderez ? »

Il vécut encore six mois — six mois de calvaire pour l'un et pour l'autre. Quand il mourut, elle me fit appeler. Elle était comme égarée, ne comprenant pas qu'il était mort, ne sachant pas ce qu'il fallait faire, refusant toute aide et toute suggestion. Je me débrouillai de mon mieux et pensai qu'elle allait maintenant retourner très vite en Belgique, où sa famille pourrait la diriger.

Peu après les obsèques, qui eurent lieu sur place, et pour lesquelles personne ne vint de Belgique, hormis un lugubre chargé d'affaires et le sous-directeur d'une des fabriques dont il était propriétaire, je lui demandai ce qu'elle allait faire. Elle me répondit, le regard absent :

— Rien. Je reste ici. Auprès de lui.

— Mais vous avez de la famille en Belgique ?

— J'ai besoin de tranquillité. J'ai besoin de penser à lui, ici.

Du geste, elle montrait le perron de pierre blonde, le bassin, les fauteuils où il s'asseyait, et les arbres, au loin, qui avaient abrité leurs dernières années.

— Mais... ses affaires ?

À quoi elle me répondit, avec un parfait naturel :

— Il les gérait d'ici : alors qu'est-ce que cela change ?

La surprise me laissa muet : l'épouse soumise et qui ne comprenait rien croyait-elle donc pouvoir gérer les affaires de son mari à sa place ? Je me rappelai mes promesses d'aider Louise : mais cette aide-là dépassait de beaucoup mes compétences. Et la tranquillité de Louise semblait pure inconscience. Je me dis qu'elle s'apercevrait vite de son erreur. « On verra bien », pensai-je, plus alarmé par sa confiance que par son désarroi antérieur.

Elle me sourit, comme à un grand enfant. Et je me sentais,

en effet, aussi gauche qu'un enfant qui ne comprend plus la conduite des adultes.

*

Jour après jour, je la vis ; et j'allais de stupéfaction en stupéfaction.

Sur le désespoir de Louise, pas d'erreur possible : il était aussi total que l'on pouvait le prévoir. Et, sans l'afficher en rien, elle ne le cachait pas non plus. Mais, dans l'ombre de ce désespoir, se développait une force tranquille et lucide, une maîtrise, qui croissait d'une fois sur l'autre. Faut-il dire qu'elle devint responsable et intelligente, ou qu'elle révéla enfin ces qualités jusqu'alors cachées par le brillant de Raoul ?

Elle organisa sa vie dans la belle demeure, toute remplie des portraits de Raoul. Elle acheta un poste de télévision (qu'il n'avait pas voulu avoir) ; elle prit un abonnement de lecture. Elle se fit envoyer des revues. Elle était comme une plante longtemps étiolée que l'on arrose et qui soudain se développe et s'épanouit.

En principe, elle suivait les émissions et lisait les articles qui auraient intéressé Raoul ; mais elle les jugeait par elle-même. Librement. Et, si l'on était parfois surpris de goûts et d'intérêts quelque peu simplets, il y avait une franchise dans ses verdicts qui les rendait souvent perspicaces. Je montais presque tous les soirs la voir, sur la terrasse au-dessus du bassin. Elle était à l'aise, bien mise, hospitalière ; et c'était avec elle, à présent, que j'avais ce qu'elle avait appelé naguère des « conversations intéressantes ».

Et puis, bientôt, je ne fus plus seul à lui rendre visite. Elle se lia avec la libraire, puis avec un couple universitaire, rencontré à la librairie. Elle reçut un architecte venu d'Apt, pour de petites transformations à apporter à la maison. Et il revint la voir, souvent, une fois les transformations achevées. Dans la paix de la belle demeure, sans effort ni coquetterie, gentiment, la silencieuse tenait salon.

Cette mutation était spectaculaire ; mais elle ne me surprenait pas autant qu'elle aurait dû. Je savais que certaines femmes, qui ont passé leur vie, de leur plein gré, dans l'ombre d'un mari, peuvent parfois, devenues veuves, connaître comme un nouveau printemps. Au lieu de toujours dire oui et laisser décider autrui, elles sont soudain promues au rang d'adultes et libérées d'une tutelle qui, si douce soit-elle, les paralysait. J'avais connu des cas de ce genre. Et ils étaient en général d'autant plus frappants que la tutelle avait été plus complète et plus complètement acceptée.

Le cas de Louise Duvalloy dépassait tous ceux-là.

J'ai cité ses visiteurs de la région : je n'ai pas dit les brefs séjours du chargé d'affaires, ni les télégrammes et les coups de téléphone qui marquaient chaque journée de Louise : elle avait bel et bien entrepris de diriger — et à distance ! — les affaires de son mari. Elle qui semblait ne pas écouter lorsque l'on parlait de problèmes économiques, elle s'était fait tout expliquer et prenait des décisions, apparemment heureuses. Son mari possédait, entre autres choses, une grosse fabrique de machines agricoles. Que connaissait Louise aux machines agricoles ? Que connaissait-elle de la concurrence ? des incidences politiques ? de l'exportation ? Rien, sans doute. Pourtant elle s'était aménagé une petite pièce, garnie de dossiers, où elle passait ses matinées. Elle « travaillait », disait-elle.

Je me disais que les gestionnaires belges ne devaient lui laisser que l'illusion du pouvoir, qu'au mieux ils agissaient pour elle et qu'au pire ils étaient en train de la ruiner. Mais ce soupçon ne reçut jamais le plus petit début de confirmation.

Aussi tirai-je bientôt de cet exemple toute une philosophie. Je me disais que les femmes avaient, en effet, été brimées par la société : on trouvait normal qu'elles se laissent mener et conduire, mais, aussitôt libres, elles révélaient des qualités de jugement et de volonté peut-être supérieures à celles des hommes. Dans le cas de Louise, pouvait-on oublier que Raoul avait bénéficié de l'expérience de toute une vie, tandis qu'elle arrivait aux commandes toute seule, sans aide, sans apprentissage, sans connaissances, sans rien ? Elle s'occupait du portefeuille, aussi…

J'allais la voir de plus en plus souvent ; non pas pour l'aider, bien entendu, mais dans une sorte d'attention fascinée — comme quand on surveille, dans une boîte en carton, le miracle des chrysalides en train d'éclore, sous vos yeux.

Je la trouvais en fin de journée, sur la terrasse à l'abri du vent, puis, la saison changeant, dans le salon vert et mauve,

qu'elle avait fait aménager depuis son veuvage, et où elle
avait su grouper quantité d'objets anciens, qui entouraient
une vaste chaise-longue aux coussins de soie ; elle aimait à
s'y tenir, dans une lumière changeante, filtrée par les plantes
qui grimpaient aux fers forgés de la grille. Elle savait vivre :
l'endroit était beaucoup plus joli que du temps de Raoul. Elle
avait gardé son petit rire modeste ; et, le jour où je lui fis ce
compliment, elle sourit et murmura :

— Mon pauvre ami, que pourrais-je faire d'autre, à présent ? Vous savez comme Raoul s'était attaché à cette
demeure...

Elle m'agaçait presque, avec son efficacité tranquille, sa
modestie, et son Raoul ! Ne voyait-elle pas combien elle lui
était supérieure, et combien il l'avait méconnue ? Elle qui se
révélait si hautement capable et intelligente, ne comprenait-
elle pas qu'il l'avait empêchée de vivre ?

— Vous réussissez tout, murmurai-je.

Dans mon admiration, il y avait une sorte de rancune
virile, et quelque chose, aussi, qui ressemblait presque à de
l'amour.

\*

Et puis un jour — un soir d'octobre : elle avait fait un feu
de bois dans la cheminée — je la trouvai en train de lire un
bilan. Elle était belle, paisible, toute candide. Alors, je n'y
tins plus :

— Écoutez, Louise, lui dis-je. Je ne comprends pas ! Vous
ne disiez rien, vous ne saviez rien. Et vous voilà toute seule
dans cette maison que vous avez presque refaite, à lire des
bilans et à gérer des usines. Comment faites-vous donc ?
Comment vous êtes-vous transformée à ce point ? Votre
ignorance était-elle un mensonge ? Ou bien travailliez-vous
en secret toute la journée ? Vous avez l'air de tout décider,
comme cela, simplement : ce n'est pas possible ! Comment
faites-vous ? Je voudrais comprendre !

Elle n'eut pas l'air offusquée par cette sortie : elle me fit un
sourire confiant — son ancien sourire — et elle m'expliqua.

— Mais non, je ne décide rien, je ne comprends rien !
Quand il y a un ordre à donner, je regarde longtemps la photo

de Raoul (vous savez, la grande, celle d'autrefois) et je lui demande : « Raoul, qu'est-ce que je dois faire ? »

Je l'avais crue lucide, affranchie, intelligente !… et elle en était à la gestion d'affaires par boule de cristal, ou l'équivalent ! Je lui demandai, sans cacher mon scepticisme :

— Et il vous répond ?

— Oui, me dit-elle tranquillement : je sais alors ce que je dois faire — pour tout.

Libération de la femme ? Dans le cas de Louise il y avait, de toute évidence, encore beaucoup à faire !

J'ai espacé mes visites. Je m'attendais à apprendre sa ruine, ou son départ pour la Belgique. Rien ne vint. Est-ce donc ainsi que l'on gère une fortune ? Ou bien s'était-elle moquée de moi ?

De toute façon, j'essaie de n'y pas penser ; car d'y penser me vexe, comme une offense personnelle. Je suis rationaliste, après tout ! Et je suis un homme.

# LES LETTRES

Il avait fallu cette journée vide dans la vieille maison familiale de Bretagne, où ils revenaient chaque année pour les vacances. Il avait fallu le hasard d'une heure à perdre. Les enfants étaient partis à vélo pour la mer ; Suzanne travaillait au potager. Pierre était seul, à rêvasser. La maison de famille invitait aux complaisances du souvenir.

Il avait donc, comme souvent déjà à d'autres vacances, commencé à fouiller au hasard dans les vieux papiers laissés par ses parents. Il appelait cela trier et faire un peu d'ordre. Mais il ne triait guère. Il lisait un peu, s'attendrissait beaucoup, et cherchait à tâtons les traces d'un passé qu'il avait grand remords de connaître si mal.

Il venait, ce jeudi-là, de tomber sur quelques paquets de lettres, soigneusement ficelées, et gardées dans leurs enveloppes pâlies aux timbres désuets. Elles n'étaient pourtant pas si vieilles : toutes les lettres étaient de lui — de lui à sa mère. Il y en avait qui remontaient à son enfance, puis tout un paquet datant de ses seize ans, et donnant des nouvelles d'un voyage en groupe dans les églises romanes des Pyrénées espagnoles. Il y en avait de plus tardives, de son service militaire, entre autres. Il les palpait, les parcourait, le cœur serré. Il avait presque tout oublié. Et il trouvait poignant de voir que sa mère avait gardé chaque mot avec tant de ferveur. Il n'avait pas, lui, une seule lettre d'elle. Il se représentait, en maniant les enveloppes, l'événement qu'avait dû représenter l'arrivée de chacune, la façon dont sa tendresse devait chercher la vérité et l'imaginer. Elle devait les relire plusieurs

fois, avant de les ranger. Et il était pris de remords. Elle était
morte, à présent, depuis plus de cinq ans : il était trop tard
pour la connaître mieux, lui écrire plus, lui donner de la
joie...

Pierre lit une lettre, puis une autre, et soudain il est acca-
blé. Il n'est pas possible d'écrire des lettres plus bêtes, plus
vides.

Il vérifie la date : oui, il avait seize ans ! Or il écrivait à sa
mère des lettres enfantines, dépourvues de tout intérêt. Il n'y
disait rien de ce qu'il avait pensé, des questions qu'il s'était
posées, des espoirs qu'il avait pu former : rien ! Il choisissait
des formules toutes faites, correspondant aux intérêts qu'il lui
prêtait. Il disait qu'il avait bien mangé, et qu'il avait mis son
tricot rouge, que certainement elle le trouverait bruni et
qu'elle ne devait pas s'inquiéter, car il ne commettait aucune
imprudence. C'était gentil, bien entendu ; mais d'une puérilité si anonyme ! Il écrivait à vingt ans comme il aurait pu
écrire à cinq : seuls quelques noms propres de villes ou de
camarades pouvaient servir de repère. Et aussi la sécheresse
croissante qu'exigeaient ses pudeurs d'adulte : on passait du
« Maman chérie » à la froideur formulaire du « Chère Mère ».
Pierre mesure ce que la sottise de ces lettres devait avoir de
décevant pour l'amour de celle qui les guettait, qui les gardait. Et ses joues le brûlent, de le mesurer trop tard.

Il n'était pourtant pas indifférent, ni ingrat. Il sait bien,
aujourd'hui, qu'il désirait passionnément faire plaisir à sa
mère. Il avait toujours été plus proche d'elle que de son père.
Et elle n'était pas du tout la mère poule aux horizons bornés,
à qui l'on ne peut parler que de menus ou de tricots rouges.
Elle lisait ; elle discutait ; elle avait même été secrétaire de
mairie et s'intéressait à la vie politique. Pourquoi lui avoir
écrit — et fidèlement ! — ces comptes rendus enfantins, qui
n'apportaient rien ?

Sa première pensée fut qu'il n'avait probablement jamais
su écrire une lettre. Cela arrive. Et le contenu de la lettre,
dans ce cas, ne compte pas : il n'est qu'un symbole. On écrit :
« J'ai mis mon tricot rouge », et cela veut dire, pour l'un et
pour l'autre : « J'existe. Je t'aime. Tu es celle qui connaît tout
de moi, même la couleur de mes tricots. Et ton regard était
sur moi tout le jour. J'étais ton fils en rouge, qui te serre dans

ses bras et qui reste — tu le vois ! — ton petit garçon d'autrefois. » Même la sottise, alors, même la puérilité affectée de ces lettres anciennes pourraient se traduire en termes de tendresse...

C'est une possibilité. Mais ce n'est qu'une possibilité ! Il faudrait pouvoir comparer. Et Pierre donnerait beaucoup, en cette après-midi d'été, pour savoir comment il écrivait aux autres. Curieusement, il ne se rappelle pas avoir jamais écrit à son père. Il avait écrit, plus tard, à Suzanne : oh ! tant de lettres ! Une année entière de fiançailles, dans des villes distinctes, impose un zèle épistolaire aux moins doués. S'il pouvait seulement... Suzanne a dû garder ses lettres, elle aussi, et les ficeler, dans l'ordre. Il a bien conservé, lui-même, les premières qu'il ait reçues d'elle ! Mais les lui demander ? Mais les revoir ? Mais l'interroger ? Impossible ! Il imagine d'ailleurs que ses lettres de fiancé le décevraient autant que celles qu'il vient de lire.

En avoir la confirmation : qui le voudrait ? Devoir constater que, là aussi, on a écrit, sottement, ce que l'on croyait en rapport avec la situation, que même cela n'est pas vraiment parti du cœur, non ! nul ne le souhaiterait. Dieu ! comme on voudrait, comme il voudrait, lui, Pierre, à cette minute, ne pas se souvenir qu'il lui parlait de Lamartine ! C'est presque pire que le tricot rouge.

Peut-être tout le monde est-il plus ou moins ainsi : incapable d'écrire quelque chose de vrai dans une lettre, mais jouant un rôle, imitant un modèle, comme dans un devoir où l'on vous indique la thèse à soutenir. Peut-être n'est-il pas le seul. Peut-être toutes les lettres ne sont-elles ainsi qu'un faux témoignage, menteur, factice, fabriqué ?

La pensée n'est pas réconfortante, mais n'est pas non plus accablante. Pierre se lève, arpente la pièce, va jusqu'à la fenêtre. En bas, il voit Suzanne, qui semble arracher quantité de choses dans le potager. Il est attendri par cette image familière, avec laquelle Lamartine n'a, Dieu merci, rien à voir. Elle lève les yeux, le voit, lui fait signe. Le soleil dore déjà toute une partie du potager. Ils sont un bon ménage. Il essaiera de le lui dire, un jour, dans une lettre, une vraie...

Elle crie, d'en bas :

— Qu'est-ce que tu fais ?

— Je range.

C'est un mensonge, une réponse toute faite. Une de plus…
Pierre aurait répondu de même sans la distance entre l'étage
et le potager. Apparemment ses propos ne sont pas moins
factices que ses lettres. Une sourde tristesse l'envahit. Il
referme la fenêtre.

*

Cette fois, il s'installe dans la vieille bergère, et il allume
une cigarette. Pourtant, sa mère ne voulait jamais voir quelqu'un fumer dans cette petite pièce douillette qu'elle appelait
de façon un peu emphatique « le bureau de ton père ». Alors,
il l'éteint : ce n'est pas aujourd'hui, après la découverte de ces
lettres si pauvres, qu'il va contrevenir aux désirs de sa mère !

Le cœur lourd, mais tenaillé par un poignant désir de comprendre, il prend un paquet de lettres plus anciennes : ses
lettres d'enfant. Elles ne sont pas datées.

« Maman chérie, ce matin nous avons été à la plage et
c'était très joli. Mais je suis tombé sur un caillou très dur.
Cela a saigné, mais Téké m'a mis un pansement et elle a dit
que ce ne serait rien. Je n'ai pas pleuré… »

Pierre lit ces mots enfantins et sa tristesse de tout l'heure
est peu à peu chassée par une autre, bien plus aiguë. La lettre
ne lui révèle plus ses propres déficiences ; elle fait pire : elle
ressuscite en lui, dans toute sa force, le besoin déchirant que
tout enfant peut avoir de sa mère.

Car la lettre est banale, merveilleusement banale : il a dû
en recevoir de semblables de ses enfants, à leurs premières
vacances loin des parents ; mais voici que, sous les petites
phrases banales, la sensation revit en lui dans toute son
acuité. Il est tombé ; et, plus de trente ans après, il ressent,
comme si c'était maintenant, l'angoisse de celui qui tombe, la
peur et la douleur, et la terrible absence (que la lettre n'avoue
pas) du recours maternel, seule consolation possible. Et il
reconnaît, attendri, la petite fierté dédiée à la maman absente
quand il précise, bravement : « Je n'ai pas pleuré. » On rap-
porte toujours ses fiertés, en fait ou en pensée, à l'approbation de quelqu'un ; et la première de toutes est l'approbation
maternelle.

Ô douleur ! Est-il possible que, pendant tant d'années, il ait oublié la plénitude de ces moments d'amour ? Sa mère était devenue pour lui une dame, avec ses cheveux gris, et son air sérieux — une dame dévouée, parfois trop dévouée, à qui il était légitimement attaché. Mais ce qu'était sa mère, avant cela ! Il se rappelle et des larmes lui montent aux yeux, comme si aujourd'hui seulement il la perdait pour de bon.

Il se rappelle confusément — des gestes, des instants. Il se rappelle qu'on lui avait fait mal : une opération d'enfant, les végétations peut-être, ou bien l'incision d'un abcès. Il ne sait plus. Il revoit du sang, de l'effroi, et enfin, au seuil du désespoir, les bras de sa mère, le cou de sa mère, et son front y plongeant, se perdant dans cette chair douce, qui était comme la sienne, mais infinie, protectrice et tendre ; et ses sanglots s'apaisaient alors au creux de ce cou, à croire que tout était à jamais pardonné et réparé dans l'univers. Sa mère lui tapotait doucement le dos, tandis qu'il se pelotonnait dans cet abri de douceur : « Voilà, c'est fini. Tu vois : c'est fini. » Au cœur de ce cou qui semblait l'envelopper tout entier, c'était fini, en effet.

Cela est arrivé à tous les enfants. Mais, rappelé par ce long retour en arrière, le souvenir est si aigu, que Pierre, le Pierre de quarante ans, sent de nouveau la douceur de la peau, l'émerveillement d'être apaisé.

« Maman », murmure-t-il tout bas. Et il est le petit garçon d'alors, se confiant au pouvoir des bras maternels.

Peu à peu, tout lui revient et son cœur s'ouvre en une souffrance imprévue, qui n'est pas sans douceur.

Il se rappelle la première fois qu'il a réussi à faire le tour de la pelouse sur sa bicyclette neuve. Il avait essayé ; il était tombé ; il s'était arrêté au bout d'un mètre, il était rouge d'impatience. Et soudain un tour de roue, puis un autre ! Il avançait… Sa mère se tenait debout devant la porte, les bras croisés, se retenant de l'aider. Et il était arrivé jusqu'à elle. Il avait dit : « Maman ! Je l'ai fait ! Tout le tour ! » Et ils s'étaient souri l'un à l'autre, dans une commune jubilation… Oui, c'était la même fierté que dans la lettre : « Je n'ai pas pleuré. » Et c'était l'exploit offert à la bien-aimée. Sa mère portait une blouse bleue et ses yeux, bleus aussi, brillaient d'un bonheur qu'elle lui renvoyait, comme le miroir de sa joie.

Pierre repousse les lettres. À quoi bon raviver des souvenirs si lointains, qui lui serrent la gorge ? Il ne veut pas : il est un homme ; et tout cela est loin.

Exprès, pour marquer son difficile refus, il allume la cigarette qu'il s'était interdite un moment plus tôt. Sa mère est morte depuis cinq ans : il est trop tard pour les attentions. Il va remettre en place toutes ces lettres attendrissantes et consternantes ; il est trop tard pour tout.

Mais au moment de les jeter au fond de la grande armoire, il s'arrête, les deux paquets en main, et les regarde : une lumière se fait en lui, qui le stupéfie de sa clarté.

Car la vérité qu'il cherchait est là, dans la rencontre de ces deux paquets de lettres : la candeur des premières explique le vide consternant des autres. Il comprend tout. Il comprend, devant ces preuves accablantes, que, par rapport à sa mère, il n'a jamais grandi, n'est jamais devenu adulte. Les autres explications ne jouent pas. Il était capable, comme un autre, de s'exprimer par des lettres (et même de citer Lamartine, en fait) : mais il n'en était pas capable pour sa mère. Il lui écrivait des lettres puériles et sans intérêt, parce qu'il n'avait jamais su, ni par lettre ni autrement, trouver avec elle un autre ton que celui de son enfance. Il avait continué à la rassurer sur ce qu'il mangeait, sur la façon dont il se couvrait, parce que, par rapport à elle, il avait gardé le pli ancien. Il n'avait pas su comprendre qu'elle existait, comme une personne, indépendamment des premières tendresses. Il avait bêtifié. À l'âge où l'on mue, il n'avait pas mué.

Il referme vite l'armoire : la découverte est désagréable. De plus, elle entraîne à sa suite d'autres questions.

S'il n'était jamais devenu adulte dans ses rapports avec sa mère — ce qui, la réserve adolescente s'en mêlant, avait institué entre eux des relations entièrement factices — on pouvait se demander s'il avait du moins grandi pour les autres, vraiment grandi. S'était-il jamais affranchi de cette tutelle involontairement prolongée ? Avait-il vécu en adulte, en prise directe avec le réel ?

Qu'a-t-il fait, de toutes ces années ? Oui, il a fait ce que l'on attendait de lui, tout fier de réussir, comme avec sa bicyclette neuve. Il n'a pas crié à chaque fois «Tu as vu, Maman, je l'ai fait !», parce qu'il avait appris la réserve et les usages. Mais une petite voix en lui avait dû le murmurer tout bas. Il n'avait rien inventé, rien voulu avec âpreté, rien brisé, rien créé. Tout le monde avait dit qu'il était si gentil. Sa mère ne lui répétait-elle pas : «Sois gentil, mon petit chéri» ?

Pierre se regarde dans le vieux miroir à l'ancienne, au-dessus de la cheminée. Le miroir lui renvoie l'image d'un homme doux, au regard clair — les yeux de sa mère ! Il sait que l'on se moque gentiment de lui, de ses étonnements, de ses curiosités. Et soudain ce visage, qu'il contemple comme celui d'un étranger, lui paraît un témoin à charge, qui accuse, comme accusaient les lettres. Un enfant. Le petit garçon d'autrefois ! Il n'est en somme qu'un demeuré, passé à côté de la vie.

Cela fait beaucoup pour une seule après-midi. Découvrir qu'il a été pour sa mère un fils décevant et muet, incapable de s'ouvrir à elle, jamais, et qu'il a mené lui-même une vie de convention, sans jamais rien assumer de lui-même, cela est plutôt lourd à porter.

Pierre se passe la main sur la joue, à plusieurs reprises. Pour la première fois de sa vie, il se sent tout seul. Il cherche de la force en lui et ne trouve que désolation. Alors quelque chose de sa naïveté d'antan le quitte à jamais : ce doit être cette expérience — eût-on quarante ans — que l'on appelle devenir adulte.

*

— Pierre, Pierre, viens vite !

Des cris dans l'escalier. La voix de Suzanne est angoissée. Déjà elle arrive hors d'haleine :

— Pierre, viens vite ! Madame Maupas a renversé sur elle la marmite d'eau bouillante. Elle a des brûlures terribles. Je ne sais pas ce qu'il faut faire. Heureusement, mon Dieu, que tu es là !

— Je viens. Ne t'inquiète pas : je m'en occupe.

Pierre sort, l'air résolu. Au moins, voici l'action pratique, où l'on peut se rendre utile, au lieu de se perdre en rêveries.

— J'arrive, répète-t-il, d'une voix ferme et virile.

Il n'entend sans doute pas la toute petite voix qui, en lui, murmure : «Regarde, Maman, comme je suis devenu adulte et capable !»

On pourrait la deviner à la façon dont il redresse la tête, jouant les héros. Mais le fait est qu'il ne l'entend pas. Il a vu la lumière de la vérité ; mais, du coup, il a un peu perdu l'ouïe, puisqu'il ne sait plus entendre cette petite voix-là.

\*

Il ne l'a jamais retrouvée. Et il croit que c'est bien ainsi. Il ne se doute pas que ses amis, et Suzanne elle-même, regrettent sa fameuse «gentillesse» ; ils se demandent pourquoi son sourire n'a plus cette transparence, cette honnêteté, cette gaieté, qu'ils aimaient en lui.

Devenir adulte, cela se paie ; et c'est, au bout du compte, un malheur — un peu comme de vieillir ou de mourir.

# S'IL VOUS PLAÎT, DOCTEUR...

*À la mémoire du Docteur Payré.*

Je voudrais bien, le recul aidant, essayer de me faire une idée objective de ce qu'était Marie-Simone : cela m'aiderait à comprendre ce qui m'arrive à présent et me déroute si fort.

Je ne m'attendais certes pas, quand je l'ai fait venir, il y a cinq ans, au chevet de ma femme, et quand je l'ai vue qui s'extrayait de sa vieille voiture poussive, à l'influence qu'elle allait exercer sur moi — sans le vouloir, je crois.

Mais, avec elle, sait-on jamais ?

On me l'avait recommandée, peu après notre installation, comme un médecin compétent, et surtout raisonnable, qui acceptait de se déranger et se rendait même à la campagne, où nous habitions alors, à trois kilomètres de la ville.

Ma femme était souffrante avec une grosse fièvre ; Marie-Simone me promit sa visite, et je décommandai deux rendez-vous pour la recevoir. Mal m'en prit : elle arriva en effet, mais avec presque deux heures de retard. Sachant que les médecins peuvent être retenus par des urgences, je prenais patience ; mais j'étais plutôt agacé. Et puis elle arriva, enfin, sans invoquer ni une urgence ni la moindre excuse ; et elle me sourit, de façon parfaitement détendue. J'essaie de me souvenir de cette première visite, et de l'air qu'elle avait quand on ne la connaissait pas. Elle n'était pas belle, ni bien habillée. Elle avait des souliers plats, des hanches larges, une démarche solide de montagnarde. Au premier moment, elle ne faisait pas grosse impression. Mais il fallait peu de temps pour être pris par ses yeux. De grands yeux bruns, humides et attentifs — des yeux de grand chien, ai-je d'abord pensé. À présent, quand je repense à toutes ces heures de conversation avec elle, à toutes ces révélations sur sa vie, et peut-être sur la vie, ces grands yeux bruns paraissent à ma mémoire plus grands encore, plus attentifs encore, et chargés d'un savoir profond. Elle semblait attendre, et savoir très bien ce qu'elle attendait, et vous guetter avec bienveillance. Après tout, elle était médecin ; et elle avait pris l'habitude de guetter les progrès de ses malades.

Elle était non seulement médecin, mais un très bon médecin, bien qu'elle n'eût pas de titres extraordinaires. Simple médecin de quartier, elle se distinguait par une façon de vous écouter, si sérieuse et si patiente que le diagnostic se détachait comme une évidence. Elle posait des questions, très précises : « Vous avez mal vers quelle heure ? », « Est-ce que vous toussez plus le matin, ou le soir ? », « Qu'arrive-t-il quand vous prenez tel médicament ? ». J'aurais dû me douter, à l'entendre, qu'elle n'était pas un médecin comme les autres. Mais j'aimais ces questions : je me sentais comme pris en charge ; et j'abdiquais sans réserve entre ses mains : j'avais confiance.

J'ai pensé, je m'en souviens, qu'une femme comme elle avait vraiment la vocation de la médecine ; et un jour, des mois après cette première visite, je m'enhardis et lui posai la question. Elle me répondit de façon très naturelle, et à loisir : Marie-Simone, dans ses visites, donnait son temps sans compter, comme si personne d'autre n'existait que vous ; c'est bien pourquoi, au bout du compte, elle arrivait toujours si en retard…

Cette fois, elle m'a expliqué, comme elle aurait décrit un cas clinique quelconque, que non : elle ne devait pas être médecin, mais professeur d'histoire. Elle avait été jusqu'à l'agrégation ; elle aimait cela ; elle réussissait. Et puis, huit jours avant le concours, dans une crise de conscience pénible, elle avait renoncé. Pourquoi ? Elle détourna la tête (elle répondait franchement, mais avec une sorte de pudeur rogue, comme si son cas ne devait intéresser personne) : sur le ton de quelqu'un qui récite, et récite mal, elle me jeta, très vite :

— J'allais me marier ; et j'ai vu que ma belle-famille n'était guère contente de me voir exercer un métier et surtout — ils étaient ainsi, les pauvres ! — comme fonctionnaire de l'État. N'oubliez pas : c'était il y a trente ans.

— Mais le métier de médecin...

— Oh ! non. C'est mon mari qui était médecin.

— Et votre mari...

Les grands yeux bruns se fixèrent sur moi, sans sourire. Son mari était mort d'une maladie incurable, quelques années après leur mariage. Elle ne cilla pas, et conclut :

— Alors, j'ai décidé de tout reprendre à zéro, et de faire ce qu'il faisait — ce qui pouvait aider des gens malades : je l'avais vu malade, vous comprenez.

Je prétendis que je comprenais ; mais son imagination errait parmi des ombres insaisissables. En fait, je ne comprenais rien. Comment peut-on abandonner un métier que l'on aime pour satisfaire aux préjugés stupides de ses beaux-parents ? Comment peut-on, à vingt-sept ou vingt-huit ans, recommencer un apprentissage aussi long que la médecine ? Et comment peut-on prendre de telles décisions, simplement parce que l'on a été, brièvement, femme de médecin, et femme de malade ? Cela me semblait pure folie. Et je me disais que cette brave femme avec ses souliers plats avait apparemment dû vivre, pendant ces quelques années, la plus authentique et la plus folle des passions.

J'ai vu chez elle, je ne sais plus quand, une grande photographie de son mari :

— Mon mari, dit-elle, avec sa simplicité habituelle.

Je regardais, un peu gêné, l'homme qui avait su inspirer pareil don de soi. À le voir ainsi, on ne reconnaissait rien qui pût justifier une si grande ferveur. L'homme était brun, les lèvres minces : supposer Marie-Simone dans ses bras était incroyablement choquant. Mais n'est-ce pas toujours le cas, quand l'amour est imaginé du dehors ?

Marie-Simone, lorsque je l'ai connue, s'accordait mal avec l'idée de la passion. Pourtant son mode d'existence même résultait encore, tant d'années après, du trait de feu par lequel tout avait commencé. Les gens sont étranges !...

Le jour où elle m'a ainsi expliqué sa carrière, je suis resté dérouté et mal à l'aise. Les exaltations me déroutent toujours un peu ; et, chez quelqu'un à qui je confie ma santé, elles m'inquiètent.

Et puis qu'avait-il donc de plus que les autres, cet homme ?

On est toujours un peu jaloux de la passion, quand on vit soi-même selon un tempo plus sensé — ou plus fade.

*

Marie-Simone s'était donc donnée à sa profession, sans lésiner. Sans doute avait-elle obtenu des dispenses. Et je ne raconterai pas sa carrière, bien qu'au cours de plusieurs années j'aie fini par la connaître assez bien. Je ne dirai pas ses débuts dans un sanatorium, ni l'incident qu'elle créa en exigeant de soigner ses tuberculeux pour des maux adventices que le médecin-chef préférait ignorer. Je ne raconterai pas ses quelques années comme médecin chez les fous, où elle fut si heureuse ; car, me dit cette femme toujours imprévue, « je les comprenais si bien ! ».

D'ailleurs, comment le raconterais-je ? Encore maintenant — et j'y ai pensé souvent — je n'arrive pas à me représenter comment, par quels moyens d'expression, sur quels sujets, au nom de quels sentiments elle pouvait « s'entendre si bien » avec eux. Cela m'échappe et m'intimide. Sur le moment, je n'ai rien osé demander. Aurais-je seulement compris ?...

Car Marie-Simone vivait dans un monde où je n'avais pas toujours accès. Il faut en effet le préciser : elle était croyante dans toute la force du terme. Croire était pour elle facile et évident : ni moi ni Madeleine ne pouvions la suivre sur ce terrain. Nous la laissions dire, étonnés, et, je le reconnais, légèrement protecteurs. C'était une drôle de femme, Marie-Simone !...

Pendant des mois, nous l'avons crue seule dans la vie, tout occupée de ses malades et de ses souvenirs. Et un beau jour, nouvelle surprise, elle fit allusion à un fils.

— Un fils ? Vous avez un fils ?

— Oui, enfin… C'est une longue histoire.

Encore une histoire de passion : cette histoire m'émut, ce jour-là, presque jusqu'aux larmes, je l'avoue. Oui, je l'avoue. Et, qui pis est, je la raconte à mon tour, parce qu'il me semble qu'elle a, de manière indirecte, joué un rôle dans ma vie.

*

C'était la guerre. Même dans la zone sud, les rafles avaient commencé. Il est, je pense, inutile de dire que Marie-Simone faisait partie de diverses organisations clandestines : si l'on donne sa vie pour aider les victimes de la maladie, on peut bien donner aussi un peu de son temps ou de sa sécurité pour les victimes de la prison, de la torture et de la déportation. Des gens l'ont fait, qui étaient bien moins épris d'absolu que Marie-Simone.

Dans une de ces organisations, on vint la voir un vendredi soir : on ne savait que faire d'un petit garçon de trois ans, fils d'une Américaine juive (ce qui faisait beaucoup !), arrêtée dans la journée.

Vous avez deviné ? Agaçante Marie-Simone, trop parfaite ! toujours disponible ! Naturellement, elle prit l'enfant. Naturellement !

Mais elle le prit pour toujours.

Le lundi, elle lui dit qu'elle devait le quitter un moment pour aller travailler. Le petit répondit : « Oh ! Moi qui avais confiance en toi !... » Naturellement, Marie-Simone n'alla pas travailler. Et peu après, on apprit que la mère avait été exécutée.

Histoire simple, dira-t-on. Jusque-là, oui. Mais deux ans après la guerre (peut-être plus, je n'ai pas la mémoire des dates), le père, l'Américain, alors remarié, finit par retrouver la trace de son fils et le réclama. Marie-Simone dut céder, renvoyer l'enfant, promettre de ne pas le revoir. C'est un peu dur, n'est-ce pas ? Mais tout le monde a connu de ces cas. Après s'être retrouvée sans mari, elle se retrouvait sans fils.

Imagine-t-on les questions ? les inquiétudes ? Ce père inconnu, remarié, prenait-il bien soin du petit ? Dans les pièces vides de sa présence, où sonnait encore le souvenir de sa petite voix claire, ce ne devait être ni gai ni facile.

À force d'y penser, Marie-Simone eut une idée. Elle savait où habitait l'enfant, à quelle école il allait. Elle avait acheté des cartes des États-Unis, des plans de la ville. Et, le soir, une fois finie sa journée de travail, elle tentait de se demander comment il vivait si loin d'elle.

Un beau soir, elle consulta son compte en banque et s'informa du prix d'un aller et retour pour l'Amérique : elle pouvait juste ! Elle ne chercherait pas à parler à l'enfant, elle guetterait de loin : elle verrait, du moins, s'il paraissait bien portant, bien habillé, content.

— Vous comprenez, il me fallait me rendre compte. C'était bien le moins !

Non ! je ne comprenais pas. Non ! ce n'était pas « bien le moins ». Je me représentais Marie-Simone, le soir, avec son plan américain et son relevé de compte. Et je retrouvais le même étonnement que devant son changement de métier : chez elle, on aurait dit que les décisions les plus folles se prenaient sans problème, sortaient d'elle, avec une force si tranquille qu'aucune difficulté ne semblait même se présenter ! Fallait-il, ici encore, qu'elle aimât cet enfant ! Elle n'avait jamais voyagé. Et elle est partie, toute seule, rien que pour l'apercevoir de loin, tout au fond du Middle West... Sans compter qu'il y avait bien peu de chances pour qu'elle l'aperçût.

Elle l'aperçut pourtant. Mais bien qu'elle fût à plus de deux cents mètres, il l'aperçut aussi et bondit vers elle : Dieu protège les audacieux. Elle fit connaissance des parents ; tout se passa bien ; une correspondance s'engagea. Et enfin... ah ! peut-on croire que ce soit simplement une chance ? Enfin le « fils » adolescent vint faire un stage à Narbonne, s'éprit d'une jeune fille du pays et, avec l'accord du Middle West, revint se fixer dans le pays de ses premières années.

Quand j'ai connu Marie-Simone, elle allait passer ses dimanches chez son « fils » : à son tour, il avait des enfants, qui avaient pris l'accent chantant de la Narbonnaise...

Un conte bleu, pensera-t-on. Ou peut-être une légende dorée ?... Si, à cette époque lointaine, j'avais été de ses amis, je lui aurais sans hésiter déconseillé ce voyage. Je lui aurais prédit l'échec. Et si j'avais inventé cette histoire, quelle fin désolante je lui aurais donnée ! Mais j'aurais eu tort : il y avait en Marie-Simone une force sereine, capable d'infléchir même le destin. C'est un fait.

On m'a dit... (non pas elle, mais quelque relation vague) que, dans les derniers temps, le fameux fils lui avait donné quelque souci. Il avait un peu mal agi : on l'indiquait avec une discrétion lourde de sous-entendus. Mais j'ai haussé les épaules. Elle avait l'habitude des malades, l'habitude de la souffrance : elle a dû prendre cela comme une rechute bénigne et faire face. « Naturellement ! »

Pour moi cela donne juste un peu de réalité à cette histoire trop édifiante. Que diable ! Il ne suffit quand même pas d'être Marie-Simone pour que les garçons de vingt-cinq ans deviennent de petits saints ! Pour la sainteté, une seule suffit !

*

Je n'aurais pas dû employer ce mot : Marie-Simone n'était pas une sainte. D'abord, elle avait des défauts. Elle pouvait être très agaçante. Sur beaucoup de questions, elle avait son avis, solidement arrêté ; et il n'était pas question de le discuter. Elle avait — oserai-je employer ce mot ? — quelque chose de presque fruste, dans son horreur de toute mondanité, ou dans son dégoût par rapport à la mer (qu'elle voyait comme une vaste poubelle, en quoi elle avait finalement moins tort que je ne croyais). Elle aimait certains livres, pas d'autres, et n'essayait pas d'élargir ses goûts…

Que vais-je inventer là ? Quels petits détails ridicules ? Il faut être franc : ce qui m'agaçait parfois en elle était plutôt sa façon de rejeter, comme dépourvu de tout intérêt, tout ce qui occupait les gens normaux. Ses grands yeux bruns vous regardaient avec une nuance d'étonnement, comme devant une espèce curieuse. Ce livre ? Pourquoi chercherait-elle à aimer ce livre ? Des mondanités ? Très bien, si cela nous amusait ! Mais que pouvions-nous bien y trouver ? Les médecins appellent « placebo » les médicaments fictifs qui ne peuvent avoir d'effet qu'imaginaire… toute notre vie était, pour Marie-Simone, une sorte de « placebo » ; et elle était surprise de nous voir si naïfs. Quand, comme nous, on aime parler, s'informer, réfléchir, c'est un peu irritant. Elle ne disait rien, mais elle dérangeait.

Je crois bien, d'ailleurs, que sa foi, aussi, m'agaçait. Elle était si totale et si spontanée (en apparence au moins) que l'on avait peine à l'admettre. La foi aussi dérange.

Je me souviens de nos conversations, quand j'admirais son zèle à soigner et aider les autres ; et je retrouve ce soupçon d'irritation qui se mêlait à mon admiration. On ne pouvait agir plus généreusement qu'elle ; mais j'aurais été plus content si elle n'avait obéi qu'à une morale humaine. Je ne dis pas qu'un chrétien est sans mérite, parce qu'il attend une récompense dans l'autre monde ; ce n'est pas si simple ; mais le mérite se situe ailleurs et j'avais tendance à ne pas tenir compte de cet ailleurs, qui n'était pas dans mon horizon.

Elle ne parlait jamais de cet ailleurs. Elle avait les deux pieds bien posés sur la terre. Elle aimait l'herbe et les arbres. Elle aimait marcher, respirer. Elle aimait les attentions. Simplement, on avait le sentiment que tout ce qu'elle aimait était en plus, comme s'il fallait d'abord s'assurer l'essentiel.

Je la raccompagnais jusqu'à sa voiture, et nous nous arrêtions vingt fois : j'éprouvais à chaque fois une impression d'inachèvement, comme de quelque chose qui resterait à dire, et qui était important. Je la quittais sans avoir trouvé ce que c'était. Je comprends à présent que cet inachèvement était celui de ma propre vie : à ses côtés, je percevais un déséquilibre informulé. Et je lui en voulais un peu, sans bien m'en rendre compte. Et puis, j'avais à chaque fois de la peine à la quitter, parce qu'elle m'étonnait, et que, d'une certaine façon, sa bonté réparait les manques qu'elle me faisait sentir.

\*

Nous étions absents lorsqu'elle est morte ; mais cette mort mit à sa vie un paraphe si stupéfiant, qu'elle joua pour moi un rôle plus décisif que tout le reste.

Marie-Simone, dans son métier, répondait à tous et se montrait toujours disponible : « S'il vous plaît, Docteur... » : elle venait, elle s'arrêtait, elle écoutait. « S'il vous plaît, Docteur... » : l'heure de sa consultation était terminée, mais l'homme insistait ; ce serait une demi-heure de plus à ajouter à ses retards.

Le jeudi 30 avril, il était une heure dix ; elle n'avait pas déjeuné ; sa consultation commençait à deux heures... « S'il vous plaît, Docteur... le petit Jeannot, pendant que j'avais le dos tourné, a bu le produit contre les frelons ; j'ai si peur...
— J'arrive. »

Marie-Simone a fait ce qu'il fallait et, repartant en hâte pour sa consultation, elle s'est retournée pour donner à cette mère stupide d'ultimes recommandations, tout en commençant à descendre. Dans ces anciens hôtels particuliers du Midi, transformés en appartements, subsistent les vastes escaliers d'antan, aux marches de marbre patinées par le temps. Marie-Simone parlait encore : elle a manqué la marche, glissé sur le dos et s'est fracassé le crâne sur le marbre. Elle parlait encore pour sauver l'enfant : déjà sa vie à elle avait éclaté et disparu.

Je me souviens comme j'ai été en colère contre le vieux Trinquebol, quand il commentait la nouvelle avec moi chez l'épicier. Il m'a dit : « La pauvre, c'était bien la peine de se donner tant de mal pour les autres ! Elle qui croyait au bon Dieu, il ne l'en a guère remerciée ! » Je n'ai rien dit, mais j'avais la rage au cœur. Car pour moi, c'était le contraire. Cette fin soudaine, en pleine activité, en plein don de soi, était à mes yeux comme une apothéose. Elle était morte au faîte, en haut d'un escalier, en haut de sa générosité, scellant sa vie entière de ce geste de tragédie, qui l'emportait au-dessus de nous tous. Pour moi, c'était comme une affirmation éclatante — l'affirmation d'un sens.

Je sais : ce n'est pas très clair. Et je n'aime guère en parler. Je n'en parle même pas à Madeleine, ma femme, bien que je soupçonne fort son sentiment de rejoindre le mien. Elle doit penser, comme moi, que la mort est souvent plus révélatrice que toute l'histoire d'une vie, qu'elle immobilise alors cette vie, pour en faire un symbole. À mes yeux, ce brusque éclatement de la dépouille mortelle de notre amie fit comme une grande déchirure, qui m'appela, une fois pour toutes, hors du train-train quotidien où je me complaisais. Elle m'inspira — comme font les vrais mystères — une espérance craintive, qui prit racine en moi de façon définitive.

Bien entendu, je ne suis pas devenu croyant pour autant — pas comme elle. Mais j'ai découvert qu'il y avait tout autour de nous des zones invisibles et vivantes, plus importantes que le reste. Et j'ai souhaité passionnément demeurer attentif à leur existence, et digne d'elles. Parfois, même…

Oui, je l'avoue ; c'est stupide ; mais parfois je sors le petit instantané insipide que j'ai gardé d'elle, et où manque justement son regard ; alors, tout doucement, je dis, comme une prière : « S'il vous plaît, Docteur… »

Et, bizarrement, cela va mieux. Croyez-le ou non, c'est un fait. Et le plus bête est que je sais — je sais très bien — que cela l'aurait fait rire…

# LA MAISON DES PALETTES

Lors d'un dîner chez mon ami Lucien, je rencontrai ses parents : je ne les avais aperçus jusqu'alors que de façon rapide. Ils m'avaient eu l'air plutôt ennuyeux et rassis. Mais je fus frappé au cours du dîner de voir le vieux Monsieur Lang s'attendrir soudain comme un enfant. Il n'y avait aucune raison pour cela : il venait de raconter que dans le village des Palettes, autrefois, pendant la guerre, les paysans vous offraient des feuilles de tabac, qu'ils retrouvaient dans leurs greniers, glissées entre les pantalons de ville, ou les manteaux d'enterrement, afin de faire fuir les mites. L'idée de fumer ce tabac me parut quelque peu dégoûtante, sans plus. Mais le bon Monsieur Lang était aux anges. Il souriait, sûr de charmer son auditoire, puis, se tournant vers sa femme, il dit :

— C'était lorsque nous étions à la maison des Palettes : tu te souviens ?

Sa joie, à évoquer cette maison, avait quelque chose de presque indécent. Madame Lang échangea avec Lucien un regard timide et murmura :

— Il y a longtemps…

Mais on n'arrache pas si aisément un vieil homme à l'extase des souvenirs. Il ne vit rien, ne remarqua rien, et insista :

— Ah ! je pourrais leur en raconter, sur la maison des Palettes…

Le pauvre ! Il ne raconta rien du tout, ce soir-là : son fils et sa belle-fille y veillèrent, avec tact, mais fermeté. Seulement, le résultat fut que ma curiosité avait été piquée et que, le soir, en me raccompagnant chez moi, Lucien dut lui-même me répéter toutes les histoires auxquelles il avait si bien coupé court !

Elles m'ont touché. Et il m'est arrivé, plus tard, quand j'ai revu Robert Lang, de lui en parler à nouveau : la maison a pris pour moi l'existence impérative d'un rêve qui revient plusieurs nuits de suite — une existence irréelle à laquelle on n'échappe plus.

*

La maison des Palettes n'était pas, comme je l'avais d'abord cru, une maison de famille. Ce n'était pas non plus un lieu de vacances heureuses, bruyant de rires d'enfants : c'était un lieu de campement, prêté pour six mois, en pleine guerre, dans l'inconfort et le danger.

En un sens, cela peut expliquer l'étrange euphorie qui animait encore Robert Lang quarante ans après. Car ils en avaient vu de dures. Craignant d'être arrêtés, les Lang vivaient depuis plus d'un an dans des caches provisoires, et souvent chez les autres. Accueillis par des amis, ils avaient dû se plier à leurs habitudes, dire merci, sourire, ravaler leurs agacements, pour comprendre, au bout de quelques mois, que, finalement, leurs amis craignaient d'être compromis et souhaitaient — « sans qu'il y ait urgence, bien entendu » — voir toute la famille Lang aller échouer ailleurs.

Je dis « toute la famille » car, s'il n'y avait pas encore d'enfants (c'était la guerre, on s'en souvient), le couple était flanqué de la mère de Madame Lang — ce qui, *a priori*, n'aurait pas dû enchanter Robert.

Bref, d'amis en hôtels, puis en amis nouveaux, ils finirent par obtenir cette maison des Palettes — une maison isolée dans un petit village de Savoie, non loin de Chambéry : elle appartenait à des amis d'amis, et les locataires antérieurs l'avaient abandonnée sans crier gare quelques mois plus tôt, écrivant qu'ils avaient laissé la clef au curé.

Enfin seuls ! Vous imaginez ? Libres, maîtres de leur sort. Robert Lang, après trois mois passés chez une amie de sa belle-mère, n'était pas le moins ravi.

Et puis, la maison était merveilleuse !

Il fallait l'entendre la décrire !... Je n'irai pas la voir car, sans doute, je serais déçu...

C'était une maison hautement aristocratique, située dans les vallonnements qui précèdent la vraie montagne ; le village, réduit à quelques fermes, se pressait au pied des deux collines : l'une réservée à l'église et l'autre à « la villa », entourée de son jardin. Car il n'y avait, bien entendu, qu'une seule villa, bien à part, sans nul rapport avec les fermes du bas : on eût dit, j'imagine, ces images symboliques qui opposent, visibles et bien séparés, l'aristocratie, le clergé et la roture. La maison des Palettes enchantait déjà les parents de Lucien par cette fierté naïve de villa seigneuriale.

Et avec cela, elle n'avait rien d'un château : c'était une vraie villa, comme une « folie » du XVIIIe siècle, toute blanche, avec d'immenses terrasses au premier étage, et des peintures de feuilles de lierre, en guirlandes, courant tout autour des murs, comme on en voyait sur ces bandes de papier peint, qui naguère, comme un feston autour de chaque mur, apportaient leur note de finition aux intérieurs soignés. Aux Palettes, ces bordures étaient dehors. Et Robert Lang, ébloui, me répétait : « Dehors ! avec le temps qu'il peut faire en Savoie ! Comme une fresque de villa italienne ! »

La délicieuse maison ! Vous les imaginez, ces pauvres Lang, flanqués de Madame Guitard, avec leurs valises vingt fois refaites, leurs colis mal ficelés, leurs semelles de bois et leur fatigue, montant vers ces terrasses et ces bordures peintes, qui seraient à eux, pour eux ?

Déjà, je pense, ils savaient qu'ils allaient fermer les yeux sur tous les inconvénients. Mais ils ne se doutaient évidemment pas qu'ils allaient en tirer une telle joie.

On ne pouvait rêver une maison plus abandonnée. Elle avait beau être toute blanche et parée de guirlandes, elle s'en allait de bric et de broc. Les portes ne fermaient plus. L'eau ne coulait que dans une pièce, au premier étage. Elle ne se vidait (sauf, par chance, aux WC) que par les fenêtres. Il y avait un vaste grenier, rempli de chauves-souris ; il y avait des rats qui circulaient à l'aise, dans tout le rez-de-chaussée vide de meubles, et sous les marches disjointes, et dans toutes les resserres. Robert Lang, en pouffant de rire, précisa qu'il y avait même des serpents, mais seulement dans le jardin, où ils représentaient les restes d'un ancien élevage.

Visiblement, ces circonstances avaient tout de suite amusé les Lang. C'était comme si la maison leur avait joué des tours. Et eux cherchaient à les déjouer. Ils clouaient des restes de boîtes de conserve à tous les trous par où pouvaient passer les rats. Ils installèrent des tuyaux fantaisistes pour l'écoulement des eaux. Ils récuraient. Ils attachaient les portes avec des ficelles ou des crochets, quand ce n'étaient pas des sandows de bicyclettes.

— Ces sandows ! gémissait Lucien. Mon père nous a peut-être raconté l'histoire cent fois. Et je ne vois pas ce qu'elle a de si drôle. C'est lorsque l'oncle Jérôme est venu les voir : on lui a donné la plus belle chambre, avec un superbe sandow bien tendu, qui, fixé à un crochet, maintenait la porte close. Mais, au matin, quand on voulut entrer le saluer, le caoutchouc bien tendu fut libéré d'un coup, et, traversant la pièce comme une flèche lâchée de l'arc, vint heurter le mur opposé, juste au-dessus du lit de l'oncle Jérôme. Ils auraient pu le tuer, tout simplement. Eh bien, maintenant encore, il faut les voir se plier de rire tous les deux, ravis, heureux, farceurs comme si cela avait été le plus beau jour de leur vie.

— Ils étaient jeunes, risquai-je, amusé à mon tour par cette sévérité.

— Ils n'étaient pas si jeunes ! Ils avaient près de trente ans ! Et grand-maman Guitard était moins jeune encore. Et elle riait comme eux, aussi bêtement, aussi joyeusement ! Je vous jure : ils étaient tous les trois ensorcelés !

La vérité est que les histoires de ces quelques mois rempliraient des livres. Toutes évoquaient des mésaventures, et toutes étaient remplies d'éclats de rire.

Il y avait eu le jour où Madame Guitard, affectée aux cuisines, avait vidé sa bassine d'eau de vaisselle, d'un geste noble, par la fenêtre, et où Robert Lang, sortant sur le majestueux perron de sa demeure aristocratique, avait reçu l'eau de la vaisselle, comme dans un gag bien réglé. Et tous avaient réagi comme à un gag, en effet, applaudissant au synchronisme et appréciant le contraste un peu fou de ces allures princières soudain brisées par cette péripétie de comédie populaire.

Car il y avait un certain sens du théâtre, dans leur joie à tous les trois. Ils aimaient bien prendre des airs dégagés sur leurs vastes terrasses, un livre à la main, puis être interrompus par une voix inquiète déclarant qu'il y avait encore un autre rat dans l'armoire. Ils aimaient voir le grand chien roux de la fermière, à l'échine souple, monter la rude allée pour venir leur faire fête; et ils s'esclaffaient comme des gosses d'apprendre que ce même chien avait volé la ration de savon du mois et que, l'ayant mangée, il était malade — « comme un chien », on pouvait le dire! On se passerait de savon. On riait. Tout était drôle. Et le soir, sur les terrasses blanches, assis sur des chaises boiteuses, ils goûtaient l'air frais de la montagne, qui sentait le pré et le foin. Il faut dire qu'ils n'avaient jamais vécu à la campagne, ni les uns ni les autres : cela aussi était une découverte, éblouissante.

— Il n'empêche, reprenait Lucien. Cela n'explique pas cette extase. Pourquoi ont-ils tous deux les yeux qui chavirent de bonheur à l'idée d'un chien malade ou d'un rat récalcitrant? Qu'on le tolère, passe encore; à la rigueur, que l'on s'en amuse après coup… Mais non! écoutez-les : « Ah! nous étions heureux aux Palettes!… » Pourquoi? C'était la guerre, après tout! On se battait partout! Des gens mouraient…

Lucien est un garçon un peu raide, sans grande imagination. Je me dis qu'il simplifiait, qu'il n'avait pas lui-même connu la guerre.

— Justement, ils devaient se sentir en sécurité, se griser de cette sécurité…

Mais à ce mot Lucien bondit :

— Vous plaisantez! Jamais ils n'ont été moins en sécurité. D'abord ce fameux grenier, avec les chauves-souris : eh bien, les locataires précédents, qui étaient partis si vite, étaient des résistants, et ils avaient laissé le grenier rempli de paquets avec des documents compromettants. Ils sont venus les rechercher plus tard. Mais ces trois inconscients n'avaient même jamais vérifié! À la moindre perquisition, ils étaient arrêtés et mis à mort.

— Mais ils ne le savaient pas!

— Ils auraient dû le savoir, voyons! Ils se cachaient eux-mêmes; et ils s'installent dans une maison abandonnée en catastrophe, sans se renseigner, sans vérifier, comme on s'assied sur une poudrière, pour admirer le paysage ?

— Il y avait encore des perquisitions ?

— Il y en avait plus que jamais ! Le maquis était tout proche. Il se faisait des descentes — la nuit, avec des accrochages et des destructions. Ils le racontent eux-mêmes, comme si cela avait été des aventures à la télévision, distrayantes et sans danger. Eux, pendant ce temps, ils s'amusaient !…

J'imagine bien la légèreté de ce temps sans rapport avec rien ; elle devait être comme une parenthèse, avec cette liberté artificielle qui leur montait à la tête, chaque jour renouvelée. En un sens, ils faisaient semblant : ils jouaient aux châtelains ; ils jouaient aux démunis ; ils jouaient, à la fois, la Belle au Bois dormant et Robinson Crusoë ! Cela ne durerait pas. C'était comme un printemps à la campagne, irrésistible et fou, changeant d'un jour à l'autre, épanoui et toujours provisoire. Ils jouaient même parfois les comédies réalistes, en allant parler aux fermiers, et en parlant comme eux — solide bon sens et illogismes, longs silences et hochements de tête, consonnes roulées et petits cadeaux. Et, avec cela, ils s'entendaient parfaitement tous les trois : pour une fois, ils jouaient le même jeu, coupés du monde entier, pour un temps…

Je voyais cette maison des Palettes, toute blanche sur sa hauteur, cernée d'oiseaux et de surprises, résonnant de rires, irréelle, lumineuse… Et j'aimais les deux vieux Lang, si sages, si froids, de cacher en eux ce trésor secret de bonheur et de folie. C'était plus que l'on n'aurait pu dire de leur fils Lucien. Et je lui en voulais un peu de n'avoir pas de secret équivalent pour lui faire, en surprise, pétiller les yeux au seul rappel d'un souvenir. Naturellement, je n'en laissais rien paraître.

\*

Quelque chose, pourtant, manquait à l'image. Aussi, une fois que nous fûmes arrivés à ma porte, je revins à la charge.

— Cette maison des Palettes, cela se plaçait tout à la fin de la guerre. Peut-être, dans cette joie facétieuse, y avait-il la joie de voir approcher la victoire ?

Lucien se tut un grand moment. Il a confiance en moi, et les promenades nocturnes portent à la confidence.

— Peut-être, dit-il. Je veux bien le croire. Mais malgré tout quelque chose me gêne. Cette félicité de Disneyland s'accorde mal avec les circonstances.

— Tu crois qu'ils oubliaient les circonstances ?

Alors il se fâcha.

— Comment l'auraient-ils pu ? C'était la guerre. On mourait tout autour d'eux. Ils étaient sans nouvelles de mon oncle Jean. Ils étaient eux-mêmes en danger…

Je me suis aperçu que je n'étais guère fixé sur ce danger. Tant de gens étaient en danger alors… Je ne savais pas s'ils étaient résistants. Je croyais bien qu'ils avaient — lui, du moins — des attaches juives. Mais tout cela restait noyé de brume. Alors, Lucien me jeta au visage tout ce que j'aurais dû savoir : que son père était juif, que le frère de son père avait été pris dans une rafle, un an avant, qu'il avait été déporté et était mort avant d'arriver au camp, que Robert Lang avait failli être pris, qu'il était descendu d'un train à contre-voie, qu'il avait alors changé de nom, de lieu, de papiers, vivant en sursis :

— Est-ce qu'il pouvait oublier cela ? Est-ce qu'il pouvait rire, à longueur de journée, rire à la vie, comme un insensé ? Est-ce que ma mère pouvait l'oublier ? S'ils n'avaient pas d'enfant, ce n'était pas un hasard. S'ils se cachaient aux Palettes, ce n'était pas un hasard !…

— Je ne savais pas, je comprends, murmurai-je.

Et, très vite, nous changeâmes de sujet.

\*

Quand j'avais dit « je comprends », j'avais, en fait, tout compris ; mais il eût été discourtois et cruel de montrer à Lucien son injustice envers les siens. Il n'avait pas, le pauvre, été assez éprouvé pour admettre leur griserie des Palettes.

Pourtant elle était si claire, dès que l'on rétablissait en regard l'angoisse latente, la fragilité des jours, et l'absence de tout lendemain ! Les Palettes avaient été une trêve de chaque instant, une parenthèse, dont la durée se comptait peut-être en minutes, mais ouvrirait peut-être aussi sur la sécurité retrouvée. La maison avait été un navire sans gouvernail, pris dans l'embellie. Elle avait été, d'un mot, la vie sentie comme telle ; il y avait bien là de quoi griser des gens, que le cadre, dans son irréalité inespérée, avait introduit au cœur du rêve et du jeu.

Jamais plus, les Lang, une fois la guerre finie, n'avaient connu cette joie légère et irresponsable ; car jamais plus ils n'avaient été les jouets d'un sort aussi totalement précaire et imprévisible. Ils étaient devenus, loin du danger, des gens sérieux. Ils avaient retrouvé un travail, s'étaient contraints, s'étaient agacés. Ils avaient eu des enfants, s'étaient fixé des règles. Ils étaient devenus le couple un peu ennuyeux que je rencontrais chez leur fils, figés, raisonnables — sauf pour ces brefs instants d'extase où ils racontaient des histoires sans intérêt sur la fameuse maison du passé.

Si l'on n'a pas eu dans la vie ce grain de folle jeunesse que leur avait donné la maison des Palettes, on ne peut pas les comprendre. Et, après tout, quand les gens ont connu, ensemble, la guerre et la persécution raciale, le destin leur doit bien une petite compensation… Tous ne l'ont pas eue. Mais ceux qui l'ont eue ne l'oublieront jamais.

# CLICHÉ

C'était un jour heureux pour Gisèle et Jean-François. Depuis longtemps, ils avaient rêvé de ce voyage en Grèce, qu'il fallait placer, si possible, au printemps, avant les chaleurs de l'été, mais hors des périodes de vacances. Or, enfin, cela s'était arrangé. Qui plus est, ils pouvaient, maintenant, voyager dans des conditions confortables. Chacun d'eux était venu en Grèce autrefois, dans des groupes d'étudiants, joyeux mais éprouvés par la chaleur et l'économie. Et voici qu'à trente-cinq ans, laissant leurs deux enfants à Paris, ils étaient là, indépendants, qui roulaient sur une route grecque, avec encore la gaieté des amoureux et déjà l'équilibre des vies solidement amarrées.

Ils avaient loué une voiture — une petite voiture allemande, brillante comme un jouet. Et ils revenaient de Delphes vers Athènes, par un beau matin de printemps, contents d'eux et de leur existence. Ils n'étaient même pas fatigués. La veille, oui ! La veille, ils avaient visité, guide en main. Ils avaient écouté, regardé, compulsé, grimpé des pentes, piétiné au musée, étudié les plans du sanctuaire… Il y avait bien eu de brefs éclairs de joie, quand ils levaient le nez du livre et se trouvaient brusquement confrontés à l'éclat du marbre, ou bien à la présence altière de la montagne aux roches rougeoyantes. Il y avait aussi eu, après le dîner, ce bref moment de révélation, dans l'air frais du soir, quand tout à coup l'ampleur du ciel piqué d'étoiles et l'ombre lointaine des Phédriades leur avaient rappelé au cœur le caractère sacré du lieu, demeure d'un dieu et d'un oracle, le plus célèbre du monde antique. Ils avaient parlé plus bas et s'étaient pris le bras, comme deux enfants intimidés et fiers. Mais la fatigue, alors, était pour quelque chose aussi dans leur alanguissement ; et ils pensaient sans doute avoir bien mérité cette minute de récompense. Les ruines, les groupes, le bruit, les petits caractères à déchiffrer dans les guides... — cela fait beaucoup.

Tandis que, ce matin, tout était facile. Ils avaient quitté Delphes d'assez bonne heure. Et, dans l'air du matin, Delphes était un petit village, amical et tranquille. Les gros cars sommeillaient encore, à demi cachés dans l'ombre des hôtels. Des paysans cheminaient avec leurs ânes, à nouveau chez eux. L'herbe était épaisse sous les oliviers. Des colonnes brillaient dans la verdure. Et la route montait, rendant vie à la montagne toute proche, qui devenait vite haute montagne.

Ils se retournèrent plusieurs fois. La vallée coulait doucement vers l'autre vallée et vers la mer, dans un moutonnement d'oliviers. Déjà le village avait disparu. La nature reprenait ses droits, gardant seulement, de par les trésors qu'elle avait abrités, une sorte de majesté, comme une affirmation tranquille.

Ils arrêtèrent la petite voiture un moment et descendirent pour un dernier regard au paysage sacré : ils se rendaient vaguement compte qu'ils ne l'avaient pas vu comme il fallait : ils avaient tout regardé de trop près, perdant de vue le mystère du lieu ; et ils en avaient un remords secret, qu'ils ne s'avouèrent pas l'un à l'autre.

Cela peut-être les poussa à brusquer le départ, et ils se sentirent soulagés quand leurs deux portières eurent joyeusement claqué : à présent, c'était le voyage, comme tous les voyages. C'était la Grèce. C'était le printemps.

Ils roulèrent ainsi allégrement jusqu'au col, puis, sur l'autre versant, dans les collines. Ils admiraient les arbres, goûtaient l'air léger, s'amusaient des ânes. Tout était à sa place, en un voyage réussi. Et les kilomètres filaient sans effort.

Mais ce facile dépaysement, prévu au programme, s'effaça soudain devant un supplément qu'ils n'attendaient pas : ce qu'ils virent soudain sur la gauche de la route leur arracha à

chacun, en même temps, une même exclamation d'émerveillement.

— Regarde ! Oh ! regarde !...

— Arrête ! Oh ! arrête !...

C'était un immense pré sur le haut d'une colline, avec de
gros oliviers et, sous les oliviers, partout, en masse, éclatantes,
des anémones rouges.

La Grèce de l'été est peu fleurie — malgré le jasmin et les
asphodèles. Mais le printemps y est, comme dans beaucoup
de pays méditerranéens, bref et resplendissant. Et l'anémone
rouge est la première de ses splendeurs.

Elle vient toute seule, en tapis serrés ; et son rouge est
d'une richesse que l'on n'attendrait pas de pétales si fragiles.
Sous les oliviers, loin de tout, Gisèle et Jean-François
contemplaient ce semis d'écarlate, gratuit et somptueux.

Ils descendirent. Ils entrèrent dans le pré. Ils s'exclamaient
comme des enfants. Ils s'assirent dans les anémones. L'air
était frais et vif : c'était encore un peu la montagne ; mais le
soleil était doré à travers l'ombre des oliviers.

Bien entendu, c'était beau, mais ils avaient surtout l'impression qu'ils avaient de la chance. Toutes ces anémones !
Pour eux ! Les croirait-on, quand ils le raconteraient ? Ils le
croyaient à peine eux-mêmes. D'un commun accord, ils allèrent chercher l'appareil-photo dans la voiture. Mais l'objectif
était trop étroit : on voyait bien des fleurs rouges, mais on ne
voyait pas leur profusion, ni la façon dont elles continuaient
et épousaient la pente ; on ne voyait pas non plus les collines
alentour, avec le silence et le vent.

Le vent... Quelque chose bougea dans l'esprit de Jean-
François : il y avait un rapport entre l'anémone et le vent. Le
vent, en grec, se dit *anémos*. La fleur qui résiste au vent ? La
fleur qu'éparpille le vent ?

Celles-ci, en tout cas, ne se laissaient nullement éparpiller.
Elles étaient fermes dans la brise, bougeant à peine. Jean-
François voulut faire un gros plan de quelques fleurs — pour
la couleur ; mais cela ne signifiait pas grand-chose. Gisèle, au
contraire, recula jusqu'à la route, pour élargir le champ ; mais
on ne voyait plus qu'un talus ; et des branches cachaient en
partie les anémones. Il fallait obtenir un contraste. Et
d'ailleurs, en s'inscrivant eux-mêmes dans ce paysage, ne

fixaient-ils pas, pour toujours, comme le témoignage de ce
moment de chance, et de leur rencontre avec les anémones ?
Il photographia Gisèle, assise en blanc au milieu des fleurs
rouges, le sourire aux lèvres. Elle photographia Jean-François
étendu sur un coude, le regard fier comme s'il avait créé le
monde. Lui ou elle parmi les fleurs : on eût dit des photographies de fiancés ou de jeunes mariés.

Celle qu'avait prise Jean-François fut parfaitement réussie.
Ils la montrèrent beaucoup. Et elle les aida à ne pas oublier
ces instants de bénédiction, surprise du voyage et surprise de
la Grèce. Ils gardèrent même le cliché, sur un petit guéridon,
dans leur salon.

C'est là qu'un an plus tard, Jean-François trouva un jour sa
belle-mère en contemplation devant la photographie de
Gisèle, assise parmi les anémones et souriant aux anges.

Est-ce l'attendrissement de sa belle-mère qui irrita Jean-
François ? Est-ce de l'entendre murmurer, ravie : « Qu'elle
est charmante ! Et quelle jolie idée de l'avoir photographiée
ainsi ! » Toujours est-il qu'il fut agacé. Et, le soir, demeuré
seul, il alla prendre la photographie et l'emporta dans son
bureau : il s'installa devant elle, les sourcils foncés, comme
s'il interrogeait un témoin suspect.

Quelque chose n'allait pas. Gisèle avait passé la trentaine,
et sa silhouette avait perdu la minceur de la jeunesse. Elle
avait pris, pour la photographie, une pose artificiellement
coquette, dans le style de ces tableaux que l'on intitule gentiment « Jeune fille parmi les fleurs ». Or, vues de Paris et après
un an, ces extases semblaient, il faut le dire, plutôt sottes.

Des fleurs ? Oui ! Ils avaient été ravis de cette profusion.
Mais s'il s'était agi de pâquerettes, ils n'auraient pas, à leur
âge, batifolé comme de jeunes fous. Pourquoi cette lubie, qui
leur ressemblait si peu ? Pourquoi ces photographies, cette
fierté, ce sentiment d'accomplissement et de miracle ?

Jean-François rejeta loin de lui la ridicule petite image. Ni
lui ni sa femme n'étaient portés à ces accès de jeunesse dans
un pré. Et il en avait à présent un peu honte. Il comprenait
qu'ils avaient été victimes de ce qu'il fallait bien appeler, là

aussi, un cliché. Ce n'était pas un pré, mais la Grèce ; ce n'était pas au bord de n'importe quelle route, mais au retour de Delphes, la ville la plus sacrée de Grèce. Ce n'était pas un champ de pâquerettes, mais d'anémones, ni des chênes, mais des oliviers... Sans doute s'étaient-ils sentis tous deux dans un lieu que les gens révèrent, au meilleur de tous les moments, à l'heure des fleurs épanouies... Et précisément parce que c'était une rareté, que tout le monde n'avait pas connue et que chacun leur envierait, ils avaient voulu, pour mettre la dernière touche au tableau, jouer dans un tel cadre la scène de la jeunesse et de la bonne entente, parachevant ainsi l'image des vacances réussies. C'était une photographie comme il doit s'en prendre des centaines chaque année, à la saison des anémones.

Jean-François se dit alors, aussi, que cette image correspondait bien à leur voyage superficiel. Quand il était allé en Grèce, la première fois, comme étudiant, il se souvenait de son émotion devant les temples. Ils avaient lu des vers, à Olympie. Ils avaient discuté à perte de vue, dans des cafés, sur le rôle des ruines dans la littérature, et sur la forme humaine que les Grecs donnaient à leurs dieux. Telles étaient ses curiosités, alors, et on l'eût bien surpris si on lui avait dit qu'un jour il reviendrait en Grèce avec tous les moyens à sa disposition, et que, de ce voyage, il survivrait seulement, chez lui, l'image d'une femme de trente ans faisant des grâces dans un pré.

Il soupira. Il aimait bien sa femme. Il aimait bien sa vie. Mais, ce soir, il se demandait soudain si ce bonheur qu'il s'était construit n'avait pas été poursuivi et édifié, là aussi, à coups de clichés. Il s'était marié ; il avait eu deux enfants : n'était-ce pas l'idée que l'on se fait d'une vie réussie ? N'était-ce pas toujours un peu pour montrer aux autres, pour obtenir ce que l'on est censé souhaiter ? Avait-il jamais rien choisi, du fond du cœur, pour lui ? Il revoyait leurs petites fêtes de famille, leurs soirées avec des amis : pourquoi ceux-là ? et à quoi bon ? Les amitiés de ses vingt ans avaient été vivantes, vibrantes : après, il avait obéi. Même ses tentations, ses flirts, avaient été comme autant d'images convenues : il avait pris le regard des autres pour sa volonté propre. Il avait acquis ce qui confère à une vie la bonne estampille — celle que les autres envieront. La photo de Gisèle parmi les fleurs était si banale, que le faux-semblant s'étendait à tout ce qu'il avait connu et vécu.

Il la reprit en main, cette photographie ; et il la déchira en menus morceaux. Il dirait à Gisèle qu'il avait voulu la regarder et que... Il dirait n'importe quoi : sa femme le croirait parce qu'elle aussi préférait vivre selon des modèles reconnus — sans soupçons, bien entendu, et aussi sans trop d'attention.

Il s'en voulait d'avoir été si naïf, si conventionnel, et d'avoir en plus laissé la pauvre Gisèle exposer avec fierté ce moment d'aberration qui ne correspondait à rien de vrai.

*

Gisèle fut bien une semaine sans remarquer l'absence de la photographie. Quand elle s'en avisa enfin, elle s'étonna :

— Tiens ! Où est passée la photographie ?

— La photographie ?

— Tu sais bien : les anémones de Delphes...

Il n'eut même pas à mentir : il eut un geste d'ignorance. Mais la formule de Gisèle l'avait touché, par son raccourci. Gisèle n'avait pas dit « ma photographie », ni « la photographie des anémones », ni « les anémones de Grèce » ; elle avait dit « les anémones de Delphes ». Or ils revenaient bien, ce jour-là, de Delphes ; mais ils en étaient loin déjà. C'était un autre cadre, un autre paysage. Il fallait donc que, pour elle, le nom du lieu célèbre eût exercé sa magie : il avait déteint sur la matinée, sur le voyage, sur les fleurs. Il y avait là une assimilation touchante, à laquelle elle semblait tenir ; car elle répéta :

— Les anémones de Delphes... elles étaient là, pourtant.

— Je ne sais pas, murmura-t-il.

Et il partit vers son bureau.

Il était troublé, comme si une fenêtre s'était ouverte quelque part, révélant un paysage inconnu.

Il avait cru que cette joie d'alors était liée aux mots, à l'opinion des autres, aux idées toutes faites. Il avait cru qu'elle correspondait au vain cliché du bonheur que ces mots évoquaient. Mais si ces mots avaient été moins vains qu'il n'avait cru ?...

Il s'assit à son bureau; et sur un papier vierge, il écrivit simplement «Delphes».

Alors, il ne revit pas en pensée ce qu'il avait vu à Delphes un an plus tôt. Il ne revit pas l'hôtel, les cars, les touristes, ni même ces ruines bien cataloguées dans lesquelles ils avaient tous deux ahané. Il revit le site au pied de la montagne et, la magie du nom aidant, perçut, comme en un brouillard confus, tout ce qui en avait fait la gloire pendant des siècles, Apollon, et son oracle, les autels votifs et la Pythie, et les Grecs venus de partout, et les barbares, avec leurs richesses, tout cela parce que, dans une fente du sol se serait glissée la sagesse sacrée, montant des entrailles de la terre vers un peuple attentif et craintif

C'était curieux que cette brave Gisèle eût dit «les anémones de Delphes». Sans doute était-ce sous cette forme et à l'abri de ce nom aux échos vénérés que les fleurs rouges soudain jaillies de terre les avaient d'abord saisis et comblés : parce qu'elles participaient, non pas de la Grèce vacancière que leur envieraient leurs amis, mais de cette terre étrange où les dieux étaient partout. Gisèle avait dit «les anémones de Delphes» un peu comme on dirait «les anémones des dieux».

À présent, il essaie de se rappeler ce qu'il a vraiment ressenti, sur le moment. A-t-il, à cause des noms de Delphes, du Cithéron, de Thèbes, eu vraiment l'impression du sacré? Après coup, il comprend qu'en effet, il avait éprouvé quelque chose de ce genre : ce n'était pas normal, ces fleurs si rouges, au ras du sol, et cette beauté, comme en un guéret préservé, où l'on eût pu rencontrer des nymphes! Ils avaient fait les idiots, sans nul doute; mais les nymphes aussi batifolaient dans les prés... Du moins on le dit.

Et d'y penser, à présent, dans la paix de son bureau, lui suggère qu'il l'a en effet — oh! non : pas pensé, mais vaguement perçu, en marge, comme un parfum qui s'ajouterait à un spectacle, pour en accroître la présence. Il s'était dit : les anémones.

Bien entendu, il ne s'agissait pas de pâquerettes ni de coquelicots! Et il découvrait après coup que ce nom même d'anémones avait eu pour lui une petite surtaxe poétique inexplicable. Fleur du vent...? Non, ce n'était pas cela. Il s'agissait de quelque chose de plus riche, de plus rouge, de plus sacré…

Jean-François se lève. Il va chercher dans son dictionnaire « anémone » ; il ne trouve rien. C'était à prévoir.

Un souvenir bouge, quelque part en lui. Il cherche s'il n'a pas un dictionnaire de mythologie…

Laissez-le chercher. Il ne trouvera pas. Il ne se rappellera pas qu'en un recueil de son adolescence, il a lu l'histoire d'Adonis : Adonis ou la beauté, Adonis, ou la mort. Le beau jeune homme était aimé d'Aphrodite, la déesse de l'amour ; et il fut mortellement blessé par un sanglier furieux. Aphrodite vint et pleura. Les larmes furent bues par la terre. Le sang fut bu par la terre. Et chaque goutte de ce sang donna naissance à une anémone — rouge comme cette vie que perdait irrémédiablement le bien-aimé de la déesse.

Où a-t-il vu un livre, récemment, où l'auteur évoquait une anémone rouge, seule et mystérieuse, dans un verre ? Il ne sait plus.

De même, il a oublié l'histoire d'Adonis : on oublie les dieux, dans la vie courante ; et l'on oublie la beauté, l'amour, la mort. Pourtant quelque part en lui, à son insu, était resté de quoi faire au mot ce halo de mystère et ce rayonnement de beauté, que peut-être suggérait la couleur — ce rouge intense entourant un cœur noir.

Il est dans son bureau, la tête pleine de rêves. Des légendes sacrées, où passent Apollon, Aphrodite, Adonis. Ce monde-là ne lui appartient pas. Pourtant ce ne sont pas non plus, comme les images de tout à l'heure, des clichés : ce sont comme les formes cachées de la réalité, qui parfois se révèlent et la révèlent. Elles suggèrent à chaque fois la beauté : voilà qui rachète le reste. Là ne pointe plus la banalité des clichés. Les légendes sont à jamais vivantes. Elles ne doivent rien à la mode. Elles sont si loin au-dessus du quotidien qu'on ose à peine s'y référer. D'ailleurs, on les a oubliées. Mais quand une fois on en rencontre une, au hasard d'un mot, même sans la reconnaître, même sans pouvoir la dire, le présent en est soudain grandi. Il prend valeur de signe. Il passe du périssable à l'impérissable.

Ce jour-là, c'est comme si l'on croisait, caché derrière nos sensations oublieuses, un éclat d'immortalité.

Jean-François sort de son bureau ; il appelle sa femme, et lui dit, avec résolution :

— Tu sais, je regrette cette photographie. Il faudrait la faire retirer, en plus grand. Je voudrais ne jamais oublier ces anémones de Delphes.

Gisèle croit qu'il s'agit pour lui d'une image de leur bonheur et d'une preuve de tendresse conjugale.

— Tu es gentil, dit-elle.

En cela, elle se trompe lourdement. Mais c'est souvent le cas. Et, dans les jours de grâce, on s'y fait très bien.

*Et puis, par-delà les rencontres et les surprises, les ten-dresses et les rancunes, un peu plus loin, un peu plus tard, mûrissent les fruits de la solitude. Comme le dit Jocaste dans Euripide : « La vieillesse ne comporte pas que des maux. » La solitude non plus.*

*L'angoisse ? Oui. L'approche du mystère ? Parfois. Mais comment saisir ce qui se passe ?*

*Celui qui s'en va tout seul, à l'écart, ne trouvera pas les œufs peinturlurés de la fête. Peut-être trouvera-t-il autre chose ? On le lui souhaite.*

# L'INSTANT

Je suis étendue dans le jardin, mon bloc de papier à la main. Et tout à coup je rejette bien loin ce que je m'apprêtais à écrire. Des histoires ? des réflexions ? des souvenirs ? des mots, encore des mots ? La minute présente me submerge : assez de mots !

Je suis étendue là, dans un endroit délicieux, par une après-midi de printemps : au diable le bloc et le stylo ! J'ai tiré ma chaise longue loin dans l'allée, très bas, à l'abri de tout et de tous. Je vois l'herbe et les arbres, et la pente du vallon qui descend à ma droite pour remonter plus loin, dans le soleil. Je tourne à peine la tête, et mes yeux se posent sur les pois de senteur sauvages, qui s'ouvrent depuis avant-hier : pourpres et bleus, subtils, vigoureux, ils ont cette odeur sucrée et épicée qui n'est qu'à eux, et dont les pois de senteur cultivés ne conservent qu'un souvenir falot. Par moments, l'air m'envoie une bouffée de ce parfum, comme un cadeau. C'est la saison : elle ne durera que quelques jours, et j'ai la chance d'être là. Je mesure cette chance et la savoure.

Si je lève les yeux un peu au-delà, ce sont, dans le pré, ces hautes ombelles d'un jaune léger, plus pâle que l'or, qui lancent au hasard leurs pavois légers. Elles aussi dureront peu ; mais aucun soin d'horticulteur n'aurait pu produire cette luxuriance, ces masses de fleurs, ce jaillissement.

Et j'en suis entourée, de ce printemps qui ne lésine pas. Derrière moi, plus loin, se dressent les hampes droites des iris mauves. Je dis bien « mauves », et non « violets » : les mauves se font attendre et viennent toujours en dernier. Ils sont beaucoup plus hauts sur tiges et beaucoup plus aristocratiques. Ils sont d'un mauve de demoiselles, tous assortis, avec leurs pétales si fins et si parfaitement ciselés qu'ils ont l'air d'avoir mis, non sans fierté, leurs parures de bal.

Et j'allais oublier tout près, sur la gauche, les coronilles, croulant de fleurs odorantes — plante de rien, qui pousse toute seule, par masses imprévues, embaumant pour un temps, dans un bourdonnement d'insectes affairés. J'aurai eu les coronilles, aussi ! Leur jaune éclatant contraste avec le jaune discret des ombelles du bas. Mais parce qu'elles sont tout près de moi, ou parce qu'elles sont une vieille habitude, j'oubliais leur présence…

Et, d'ailleurs, à quoi bon ces inventaires ? L'herbe est dense de fleurs diverses ; et le soleil les confond toutes. Le soleil chaud, que l'on sent comme une caresse, s'entrelace avec l'air frais, joue avec lui, joue avec vous ; l'un prend la tête, l'autre les pieds. Fermons les yeux ! Une véritable union avec le printemps ne se célèbre pas tous les jours…

Quand je rouvre les yeux, un papillon blanc passe, à quelques mètres. Le bonheur me monte à la gorge. Je ne puis pas supporter tant de perfection.

Non ! Ce n'est pas la première fois ! Il me semble avoir connu ici, souvent, des moments de jubilation comparables. Mais suis-je victime d'une illusion si je leur trouve, à chaque fois, une intensité accrue ?

Peut-être, avec l'âge, fait-on de plus en plus attention ? Et surtout peut-être a-t-on des perspectives plus riches ? Lorsque l'on a amassé en soi plus de peines, de fatigues, d'espérances et de deuils, une minute de bonheur émerveille davantage ; et l'on ajoute aux joies directes la plus-value de leur rareté.

Il peut y avoir de cela. Et peut-être même un peu plus. Car on a appris aussi que tout cela aura une fin. Pas seulement la journée, ni même le printemps. Pas seulement le jardin, que menacent l'usure et les désastres, mais la vie. Car même si tout est encore là, combien de fois, à mon âge, le reverrai-je ?

Je ne crois pas que ce souci soit pour moi conscient. Mais comment ne pas se dire, dans l'émerveillement du bonheur, qu'il s'agit d'un petit miracle, d'un dernier miracle ?

Peut-être n'est-ce pas exactement l'idée de la mort qui dessine ce cadre invisible, rehaussant l'éclat du printemps. Peut-être est-ce plutôt la perspective vague de tous les maux qui nous guettent, chaque jour plus nombreux. Car où serai-je, au printemps prochain ? Empêchée de venir, empêchée de marcher, une jambe cassée, une petite intervention à subir, des malaises qui s'accentuent... Non, cela non plus, je n'y pense pas consciemment. Mais, plus on va dans la vie, et plus on sent que chaque fois pourrait bien être la dernière fois. Des menaces vagues donnent un sentiment de chance.

Après tout, cette fois-ci même, n'est-ce pas une chance absolument extraordinaire ? Il aurait pu faire mauvais temps. J'aurais pu avoir la migraine, ou bien déjà une douleur mystérieuse, ou cette jambe cassée ou cette petite intervention de rien... Plus simplement encore, le printemps pourrait être en avance, en retard. Les vacances ne durent pas, n'attendent pas. Les fleurs pourraient être malades : les arbres l'ont bien été !... Les iris et les coronilles ne sont pas plus éternels que moi : j'en ai eu bien souvent la preuve. Une sécheresse de trop, un parasite de plus, j'aurais pu ne jamais les revoir.

Et faut-il dire «revoir» ? Les ai-je jamais vus dans cette éblouissante présence ? Je ne me souviens pas que les pois de senteur aient jamais été si nombreux, ni les iris mauves si hauts et si fiers sur leurs tiges droites ; je ne me souviens pas de luzerne et de trèfle si profonds, ni de la folle blancheur des étoiles de Bethléem dont je recompte indéfiniment les pétales ; je ne me souviens pas d'avoir jamais porté, à Pâques, les vêtements de l'été, le corps à l'aise dans l'air léger ; je ne me souviens pas de ce silence que rien n'entame, en un samedi après-midi. Je ne me souviens pas de cette brûlure de joie, me caressant les paupières sans pourtant m'éblouir.

Que tout se taise ! Assez de mots et de littérature ! Assez d'idées, aussi : il existe des moments où le présent ne laisse plus de sens au reste, où il vous comble et vous étouffe.

J'ai poussé loin de moi le bloc, et j'essaie, passionnément, de goûter dans la plénitude cette minute de perfection. Me taire. Ne pas bouger. C'est le présent qui m'est donné.

\*

Je voudrais du moins ne jamais l'oublier. Je voudrais me dire que, dans l'énervement des jours et le harcèlement des gens, il me suffira de me recueillir un moment pour tout me rappeler.

Alors, avec une sorte d'attention redoublée, je me concentre, comme s'il me fallait tout percevoir à fond, afin de le graver à jamais en moi.

Avais-je pensé à remarquer cet étrange repos pour les yeux, que constitue, bornant mon horizon, le vert sombre du vieil arbre qui m'abrite — cyprès, cèdre ou thuya? — se découpant sur la tache claire des bambous qui poussent plus loin, serrés et frais, d'un vert tendre caressé de lumière? Avais-je remarqué comme le petit olivier, sur ma gauche, frémit gaiement sur un ciel transparent? Je suis à l'ombre de mon grand arbre : l'olivier est au soleil, tout frêle et pourtant vaillant... Lui aussi, j'allais l'oublier.

Et j'allais oublier également la détente du corps allongé, le temps suspendu. Je voudrais tout sentir très fort, tout retenir...

Je le sais d'expérience : la parenthèse se refermera. Cette minute de présent pur, privée de repères et d'échos, n'entrera pas dans le passé ni dans la mémoire, car rien ne l'y rattachera. Elle sera perdue pour toujours.

Sans doute est-ce pour cela que, malgré moi, je me livrais à ces inventaires — comme pour un trésor que l'on veut mettre de côté et que l'on marque de ses initiales, pour en prendre à jamais possession.

Plus tard, je dirai «les pois de senteur», et soudain l'odeur reviendra, et le bien-être, et le silence. Ou bien je dirai : «l'olivier», et ce sera ce pauvre petit olivier, chétif mais lumineux, qui me restituera tout le reste.

Mais il faudra aussi me rappeler ce gonflement de joie que j'éprouve en ce moment, allongée et perdue au creux de ce printemps — joie solitaire et presque sauvage, que jamais je ne revivrai.

Est-ce seulement possible? J'aurai beau aligner la litanie des fleurs et des couleurs : cela restera un inventaire, ou, au mieux, un tableau sans vie. Comment me rappeler ce cœur éperdu de gratitude et comme immobilisé en une minute de silence?

J'oublierai. Je sais que j'oublierai. C'est comme lorsque l'on veut faire comprendre à quelqu'un d'autre un chagrin ou un bonheur que l'on croit si puissants : ils s'étiolent soudain, détruits par l'inefficacité des mots…

Et pourtant, comment consentir à laisser perdre ce bonheur ? Si je parvenais — rien que pour moi — à semer, tout autour de ma perception, comme des petits cailloux, qui m'enseigneraient le chemin permettant de la retrouver ! Il suffirait de quelques signes, une image, un cri du cœur, un indice, un mot !… Je ne prétends pas exprimer le présent ; mais comment ne pas vouloir jeter des repères, même imparfaits, pour ne pas le perdre à jamais ?

Je sais bien qu'un tel sentiment est indicible. Mais s'il est indicible, il est voué à la mort. Que faire ?

Je ferme les yeux ; je les rouvre. Je regarde à droite, à gauche. Quelque chose s'efforce de naître, m'échappe, me tourmente. Si je ne prends pas conscience, dans ses moindres détails, de ce moment miraculeux, il va disparaître sans laisser de trace, pour toujours.

Est-ce le cadre que je vais oublier ? Ou bien cette quiétude éblouie que la vie va recouvrir ?

Je me concentre, avare, sur une joie que je sais précaire, et vive comme une blessure. Si je pouvais seulement la cerner, la dire avec des mots, la faire durer !…

Ce que l'on ne peut dire avec des mots est-il jamais complet ? Je gémis tout doucement. Est-ce de plaisir ou de souffrance ? L'un enfante l'autre, on dirait. Et je me sens au bord d'une perte irréparable.

Sans savoir bien pourquoi, je reprends mon bloc, avec une sorte d'impatience frustrée, voisine de l'angoisse. Un bourdon passe avec un bruit d'avion, emporté par la hâte et par le désir. Et moi je m'empare de ma plume, dévorée soudain par la même hâte.

Dire ! Ah ! il me faut le dire !

À qui ? À personne, bien entendu. Mais le dire simplement parce que le bonheur non dit me déchire et me fait honte.

Mais cet instant-ci, qui pourrait l'exprimer ? Pas moi, en tout cas.

Pas ici. Pas en ce moment…

Si je rentrais ? Le bonheur du jardin en fleurs m'ôte toute lucidité. Ce n'est que dans une chambre close que je pourrai le dire, loin des fleurs et loin du bonheur.

Je ramasse mon bloc de papier et ma plume — désespérée parce que c'était trop beau pour être dit. Et je me sens vaincue.

*

Dans la maison, enfin, je reprends mes papiers. Je peine, tête penchée, ne voyant plus rien, ne sentant plus rien. J'écris, je déchire, je recommence. Je sais que nul ne lira ces mots. Je sais que je perds l'essentiel. Et pourtant, comment faire ? Seuls les mots peuvent tenter de préserver l'impression naguère fulgurante.

Alors tant pis ? Obstinément, toute seule, volets fermés, j'écris...

# PRÉSENCE

La maison entourait Marie de sa présence chaude et familière. Derrière les volets clos, on sentait sa protection, comme une très douce étreinte. Il n'y avait pas un bruit.

Marie n'avait guère l'habitude d'y être seule, sans personne de sa famille, et même sans gardiens — surtout vers ces jours de Noël. Peut-être était-ce pour cela qu'elle percevait si bien le silence amical qui régnait autour d'elle.

C'était la campagne ; il n'y avait pas de voisins ; la maison était isolée dans un bouquet de pins ; elle était, comme beaucoup de maisons provençales, solidement protégée contre le vent ; et ses murs de pierre blonde semblaient avoir gardé en eux la patine des soleils estivaux. Mais surtout c'était sa maison, depuis au moins quarante ans ; et Marie n'avait jamais si bien mesuré combien les souvenirs qui s'y rattachaient la peuplaient et y vivaient.

Tout et rien ! Cette couverture de grosse laine au crochet, que Marie avait sur les jambes, ce soir, était celle de sa belle-mère. Sa belle-mère avait dû passer des heures étendue dans cette chambre, la même, avec cette couverture sur elle, la même. Marie se rappelait l'avoir vue ainsi, lors de son premier séjour, quand elle était venue ici comme jeune fiancée intimidée, quarante ans plus tôt. Et le petit cadre doré à moulures anciennes, sur la table, devait déjà être placé là, avec la photographie de Georges enfant, potelé et solennel. Marie avait seulement ajouté à côté, dans un cadre moins recherché, la photographie de leur fille Lia. Car la chambre était un jour devenue la leur, à Georges et à elle, à la mort de sa belle-mère. Il y avait si longtemps !… Lia avait alors près de dix ans.

Et voici que Georges à son tour était mort, d'un cancer du foie, et que Lia vivait au Venezuela… Elle n'avait pas pu venir cette année : un de ses enfants était malade. Mais, si loin qu'elle fût, il semblait à Marie, peut-être à cause de son regret, de sa tendresse, que sa fille restait liée à la maison comme par un très long fil menant au loin, à la manière des lignes de pêcheurs qui s'en vont flotter, depuis un bateau, vers les fonds inconnus de la mer ; chaque mouvement au bout des lignes est ressenti à bord ; le lien transmet tout.

La maison n'était qu'une maison de vacances, pour Marie. Pourtant il lui semblait, dans le silence de décembre, que ses murs avaient été témoins de tous les événements de sa vie — de tous les drames, de toutes les joies, et de l'usure tendre des jours.

Près d'elle, le téléphone sonna : Berthe, la sachant seule, lui offrait de les rejoindre, elle et son mari, dans un cinéma de la ville, pour se changer les idées. Cette perspective même fit horreur à Marie : se changer les idées était bien le dernier souhait qu'elle eût pu faire. Elle voulait cette paix, ces souvenirs, cette douce chaleur de la maison silencieuse.

— Tu es sûre que tu n'auras pas le cafard ?

Marie caresse de la main la couverture de crochet, symbole du cher passé, auquel Berthe voudrait l'arracher :

— Ma chérie, tu es gentille, mais je suis sous une bonne couverture au chaud, je ne bougerais pas pour un empire. D'ailleurs, j'ai des petits rangements à faire.

En coupant la communication, il semble à Marie qu'elle reconquiert un silence plus riche, où déjà lève la joie.

\*

Les rangements à faire en vue de l'arrivée de son neveu n'étaient évidemment qu'un prétexte ; mais les prétextes ont leur pouvoir de suggestion ; Marie se lève et se dirige vers la petite chambre destinée à Olivier. Le couloir sent bon. Toute la maison sent bon : l'odeur est celle de la cire, mêlée à celle, un peu surie, des vieux papiers. C'est une odeur qui semble s'être accumulée avec les jours, avec la vie. Il s'y joint un petit relent de la lavande cachée dans les armoires à linge. Marie respire à fond et sourit de bonheur : sa maison ne la trahira jamais.

Elle ouvre la porte de la petite chambre et allume : elle éprouve un bref choc de plaisir à voir comme l'électricité est meilleure qu'à Paris : la petite pièce claire rayonne, et les fleurs du couvre-lit ont l'air d'un parterre multicolore.

C'était le couvre-lit de Lia ; et Lia l'adorait.

Marie se rappelle : on lui a refait sa chambre après sa coqueluche. Et cette coqueluche…

Marie ne pense pas sans un frémissement à cette maladie de Lia. Celle-ci ne saura jamais que peut-être la vie de Marie en a été changée à jamais.

Non pas que Marie ait eu, en fin de compte, rien à se reprocher. Elle n'a pas trompé Georges. Jamais. Simplement : elle aurait pu.

Elle éteint et retourne dans son domaine propre : il lui semble qu'il faut se cacher encore maintenant, pour penser à cet épisode unique, à cette joie, à ce désespoir — eh oui, disons le mot : à cet amour. Elle n'a pas honte d'y penser. Au contraire, elle serait plutôt rassurée et réconfortée de savoir qu'elle a pu — oui, elle — aimer et être aimée, comme dans les romans que l'on lit, comme dans les rêves que chacun fait. Elle, la sérieuse, la sereine, l'épouse accomplie et la mère attentive — elle a été désirée. Et elle a promis…

Jérôme était resté à jamais son secret. Elle l'avait connu à la chorale où ils chantaient tous deux. La musique les avait rapprochés, les avait, croyaient-ils, lavés de tout le quotidien et leur avait ouvert la porte d'un monde intense et irréel. Ils s'étaient crus Tristan et Yseut ; le chœur était devenu pour eux un duo.

Que serait-il arrivé sans la coqueluche de Lia ? Marie avait promis et n'avait pu tenir. Elle se souvient encore du mélange de pitié et de rage avec lequel elle a soigné sa fille. Elle se rappelle cette toux raclante, insupportable, qui lui faisait mal, mais confirmait aussi, sans appel possible, l'échec de ses rêves d'un jour. Elle n'avait pas pu aller retrouver Jérôme, même pour une fois, même pour un week-end ; et elle ne le pourrait plus jamais. L'heure était passée, la porte refermée. Il serait malheureux. Peut-être moins qu'elle.

Marie a retrouvé la vieille couverture de crochet. A-t-elle

été si malheureuse ? Elle a oublié... Jérôme en tout cas s'est marié. Il a eu trois enfants. Elle l'a revu une fois ; et ils avaient un peu envie de rire et de pleurer, ces deux complices que ne liait aucun crime... Ils s'étaient souri. Il y avait encore de l'amour entre eux — ou plutôt le souvenir étonné de ce qui en avait tenu lieu.

À présent, Marie reste songeuse ; du haut de sa soixantaine, elle voudrait se dire que, sans la coqueluche de Lia, elle serait partie. Mais sait-on jamais ? Sa vie ne comportait ni cette passion ni ce départ. Les souvenirs, en tout cas, se rejoignent, ce soir, comme autant de trésors : l'exaltation d'alors, l'innocence préservée, la tendresse subtile de se revoir un jour, et le secret lui-même, doucement conservé. Elle sent battre son cœur, à petits coups étouffés, dans le silence de sa maison. Et elle ne sait pas ce qui l'émeut, sinon peut-être de pouvoir penser à ce secret et à Georges, sans contradiction ni déchirement, comme si les tendresses — les trésors — désormais s'ajoutaient au lieu de se combattre.

Lui-même, Georges, d'ailleurs...

Marie se retourne pour chercher des yeux, sur la commode, la boîte d'ivoire ciselé, avec ses oiseaux aux cols trop allongés. Elle se lève même, et va la toucher du doigt, le regard à la fois attendri et ironique.

Georges avait rapporté cet objet étrange la seule fois où il était parti sans elle pendant l'été. Il avait été en Italie, sous un prétexte peu convaincant, qu'elle avait fait semblant d'admettre. De toute évidence, il n'était pas parti seul. Et, pendant toute son absence, elle n'avait pas été sûre qu'il reviendrait jamais. Tout avait paru fragile, menacé de mort. Elle s'était fait des reproches, alternant avec l'amertume des rancunes. Et puis il était arrivé un beau jour, l'air très penaud, sans rien expliquer. Il avait dit : « Je t'ai rapporté cette boîte. » Il était si ridicule que nulle colère n'aurait pu subsister. Et sa présence était si familière et bonne que Marie avait décidé de ne rien demander, d'oublier. Il n'y avait pas eu de grande scène de retrouvailles, de promesses, de pardon. Elle avait posé la boîte sur la commode et lui avait dit : « Viens voir : la grande branche du cerisier a été abattue par l'orage. » Elle n'était jamais allée retrouver Jérôme ; et lui, Georges, était revenu d'Italie, vers la maison, toujours la maison.

Depuis, il était mort. Depuis, Lia était partie. Mais ce soir, dans le silence, les larmes qui lui viennent aux yeux, soudain, en un flot brûlant, sont des larmes de joie, pour ce retour, à jamais fixé dans cette petite boîte d'ivoire.

Marie la retourne. Elle a dû la retourner cent fois, ou plus ; mais elle a oublié. Que cherche-t-elle ? Une marque ? Un poinçon ? Un lieu ? Qu'importe où Georges a été et avec qui ? Il est revenu — revenu à la maison. La nappe de gratitude qui l'avait enveloppée sur le moment (et dont elle n'avait rien montré) la saisit à nouveau ce soir, comme si toute leur vie se résumait dans ce moment unique et salvateur. Georges l'avait trompée. Il semblait usé, fragile. Mais il était là, présent, dans leur maison.

« Mon Dieu ! pense-t-elle, le calme que distillent ces murs est fait de tant de crises dominées et oubliées, cruelles et douces. Nous avons vécu tout cela… »

Ils avaient vécu l'amour absurde de Lia pour ce premier garçon, qui avait trouvé le moyen de se fouler le pied et de s'imposer chez eux, le désespoir de Lia lorsqu'il avait disparu, la colère de Georges à l'idée de son départ pour le Venezuela… Mais aussi les mille petites choses qui scandent l'existence — le nid de frelons, les gardiens voleurs, le gel des oliviers, en 56… Tout cela avait été les péripéties de sa vie. Tout cela était sa vie, inscrite ici dans les objets, dans les meubles, dans la couleur des murs et le poids du silence.

« Quelle chance ! » pense-t-elle. Car c'est une chance d'avoir cette soirée toute à elle, où le passé lui est ainsi rendu, vivant pour toujours. Et elle se félicite d'avoir refusé le stupide cinéma que lui offrait Berthe.

La nuit est tombée depuis longtemps. On n'entend même pas le bruit du vent dans les pins, ni une chouette, ni un chien. La maison est refermée sur les trésors qui s'y sont déposés. Elle les garde. On dirait qu'elle respire.

\*

On dirait… en fait, on dirait qu'il se passe de drôles de choses.

Tous ces souvenirs qui revivent ce soir, et que l'on peut suivre de pièce en pièce, devraient donner un sentiment de fragilité et suggérer la fuite du temps. La couverture au crochet est là, mais celle qui l'utilisait n'est plus ; et la boîte italienne est là, mais Georges a disparu : il ne reviendra plus jamais, d'Italie ou d'ailleurs, avec ses yeux bleus toujours étonnés ; quant à l'amour, il a fui, lui aussi : il n'aura plus sa place, jamais. Partis, tous ! Et elle est seule dans le silence de la maison.

Mais, curieusement, cet aspect-là n'existe que comme un faible accompagnement, rehaussant le prix de ce qui demeure. Et, d'une certaine façon, ici, ce soir, tout demeure et revient à la vie. Mieux encore : tout revient à la vie ensemble, tout se rejoint, comme si le temps n'existait pas.

Doucement, Marie passe d'une pièce à l'autre, se réfugiant dans le petit bureau, juste au centre de la maison.

Sur la table, il y a le vieil encrier à l'ancienne, en porcelaine bleue et blanche, avec ses triples godets, qui a appartenu jadis au père de Marie. Elle l'a apporté ici quand la maison fut devenue sa maison et que tous les passés y ont conflué. Comme il est étrange que cette porcelaine fragile ait résisté, survivant aux jeux de Lia et de ses amies, aux gestes imprudents des gardiens successifs ! Comme une civilisation qui ne laisse pour trace que ce qu'elle avait de plus périssable, des tessons et des verroteries, l'encrier démodé a préservé sa charge de souvenirs. Et ceux-ci se mêlent aux autres, à ceux des amours de Lia ou du retour de Georges, leur devenant contemporains.

Marie s'est assise au petit bureau, surprise elle-même de l'intensité de ce qu'elle entrevoit. Sa vie forme un tout, uni, comme une sphère minuscule au creux de sa main. Sa vie : hors du temps, à jamais présente dans tous ses instants et toutes ses contradictions.

Est-ce la pulsation de son cœur qu'elle sent battre au creux de son cou ? Ou bien est-ce la maison dont le cœur bat miraculeusement ? Marie entend ce sourd battement au-dehors, comme si un être surnaturel était présent — mais un être ami, qui veillerait sur elle. Elle le sent, là, autour d'elle, comme si deux ailes familières palpitaient doucement. Les poussins doivent sentir ainsi la tiédeur des ailes maternelles.

Que lui arrive-t-il ? Pourquoi le silence se peuple-t-il ainsi ? Il lui semble qu'un cadeau sans précédent lui est offert, dont elle ne comprend pas encore le fonctionnement : quelque chose qui va tout changer, quelque chose d'important.

Elle caresse du doigt l'encrier de porcelaine, avec ses petits pots à couvercles : il fait entendre un léger tintement, comme s'il se moquait, comme s'il savait. C'est le plus ancien des souvenirs. Marie murmure bêtement : « Papa. » Et le silence se referme. Mais son cœur est soudain inondé de joie. Sans pouvoir rien expliquer, ce soir, elle le sait : l'éternité existe, juste derrière les apparences, presque à notre portée.

Elle se prend la tête à deux mains, guettant le surgissement irrépressible des souvenirs. Elle se rappelle la première visite de son père dans cette maison, quand elle était jeune mariée. Son père, en homme du Nord et de l'ancien temps, portait des bottines, qui grinçaient légèrement et résonnaient dans l'escalier, habitué au silence des semelles de corde. Marie avait eu un peu honte, parce qu'il n'était pas comme les autres. Elle n'avait pas voulu se l'avouer. Et puis, un beau matin, il était apparu en espadrilles, un sourire ironique et charmant aux lèvres. Il avait dit : « Tu vois : je m'adapte ! » Et l'ironie voulait dire qu'il avait tout compris et senti. Encore aujourd'hui, le sourire est là : il survit aux êtres ; il flotte dans la pièce qu'il avait alors habitée.

Quelle joie, que de tout retrouver, ce soir ! Et quelle étrange expérience, que cette montée de joie dans le silence de la maison ! Se peut-il vraiment que le temps n'existe pas ?

« Mais oui, pense-t-elle, illuminée : le temps peut s'abolir. Il n'est peut-être qu'une illusion. »

Après tout, si l'on se tourne lentement sur soi-même, dans une pièce ou un jardin, on découvre des aspects successifs, que l'on ne peut percevoir ensemble ; et pourtant l'on sait qu'ils existent tous ensemble, la fenêtre et la porte ; ce que l'on voit et ne voit pas. Et comment l'avons-nous appris ?

Voilà le genre de réflexions que Marie, normalement, ignore. Mais ce soir n'est pas comme les autres. Elle est entraînée, presque trop vite, à la fois éblouie et déroutée. Les idées ne sont pas son fort.

Et s'agit-il vraiment d'idées ? Elle est plutôt confrontée à une présence et à une évidence qui la dépassent. Les ailes qui la protégeaient, couvant la maison de leur douce chaleur, se sont mises elles aussi à palpiter. Marie est au bord de quelque chose d'unique, qui est comme un bonheur en train d'éclater en gerbe de feu.

Ce bonheur gonfle en elle, très vite, mêlé de stupeur.

« Mon Dieu », murmure-t-elle. Ce n'est pas une prière, pas vraiment. Mais c'est au moins la reconnaissance d'une révélation surnaturelle. Et son cœur se contracte en un spasme de saisissement, qui la fait presque défaillir.

Et puis soudain, comme un enfant qu'angoisse l'inconnu, cet émoi même l'épouvante. Dans le silence, voici qu'elle crie : « Non ! » Elle se cache la tête dans les mains, effrayée, toute seule dans la maison vide.

*

Marie s'est rappelé, en effet, qu'ainsi, dit-on, s'annonce la mort. On revit toute sa vie, en un éclair, comme si le temps se contractait en une compression fulgurante.

Voilà donc le secret de cette révélation ? Elle va mourir, seule, dans cette maison, sans aide ?

Tous ceux qui l'entouraient, ce soir, sont morts. L'appellent-ils ? Ah ! elle n'est pas prête ! Et pourquoi mourrait-elle ? De quoi ? Ce cœur qu'elle entend battre, ce spasme, est-ce une menace ? Ce goût fiévreux de silence, est-ce un signe ?

— Non ! non ! répète-t-elle, presque en larmes.

Elle s'arrache au bureau, le fuit, claque la porte, court au téléphone : vite, rejoindre Berthe et son mari, aller au cinéma, entendre du bruit, oublier cette mort qui rôde. Vite, elle fuit...

C'est ainsi que, devant l'éclat de toute révélation d'ordre sacré, ou même devant celui des idées quand elles ouvrent devant eux des perspectives inconnues, les hommes ferment aussitôt les yeux et baissent la tête ; c'est ainsi qu'ils la cachent entre leurs bras repliés, et se cachent eux-mêmes, comme des taupes, pour ne pas voir...

Après tout, Marie n'a pas rejoint Jérôme, jadis. Sans doute n'était-elle pas capable de rien suivre jusqu'au bout. À présent il est trop tard. Quelqu'un a frappé à la porte et, par peur, elle n'a pas ouvert : le visiteur est reparti, par sa faute.

*

Par quel hasard, plus tard, Berthe en vint-elle à lui demander si elle avait jamais eu peur de la mort ? Dans l'obscurité de la voiture, Marie rougit. Cette terreur aiguë qui l'a, tout à l'heure, secouée, s'impose à sa mémoire et réveille sa honte. Mais elle ne le dira jamais, à personne.

— Rarement, répond-elle. Mais quelle drôle de conversation ! Tu entres prendre un whisky ? Cela vaudra mieux...

# VUE SUR LE VIEUX-PORT

Renée a juste dix-huit ans. Elle est assise dehors, à la terrasse de l'hôtel, qui domine le Vieux-Port. Elle achève un petit déjeuner tardif. Les autres vont venir la prendre dans un moment pour une grande promenade en mer, dans le nouveau bateau de son beau-frère — une vraie fête de famille. Elle ne sait pas où ils sont tous : peu importe ! Elle est heureuse. Elle flotte à la surface des choses, comblée, l'esprit vide, en vacances et consciente de sa chance.

Et puis le paysage est là, qui la surprend et l'enchante. Le Vieux-Port s'ouvre à ses pieds, vu, en somme, depuis la mer. Il aligne ses bateaux innombrables, bien rangés le long des berges ; et le soleil fait miroiter l'eau, qui scintille et bouge doucement, comme si l'éternité lui appartenait. Mais surtout, juste en face d'elle, sur l'autre rive, au-delà de cette eau si calme, se dressent des remparts anciens, que le soleil colore en rose, en jaune pâle, en gris clair : ils sont debout, mais n'appartiennent pas à notre temps. À quand remontent-ils, Renée l'ignore. On lui a parlé du Fort Saint-Nicolas ; mais ces hautes murailles de pierre, patinées, si tranquilles dans la lumière du matin, pourraient être de tous les temps. On voit de grands pans de rempart, sans ouverture, avec un étroit passage à leur pied. On se croirait presque au Moyen Âge. Plus loin une tour ronde, surmontée d'une partie plus étroite, fait un peu penser à une mosquée. On pourrait être à Malte, à Saint-Jean-d'Acre. Renée ne connaît ni l'un ni l'autre ; mais, seule à sa table d'hôte, elle rêve et croit y être. Peut-être est-ce souvenir d'illustrations ou de tableaux : elle imagine des gens en vêtements orientaux, allant et venant au pied des remparts, avec de lourdes robes aux couleurs riches. Elle est, tout simplement, ailleurs et nulle part.

Cela est d'autant plus surprenant qu'au pied de ces remparts, sur l'eau miroitante, passent sans arrêt des bateaux qui, eux, sont bien de son temps à elle. Il y en a de toutes sortes. Ils entrent ou sortent. Certains sont des embarcations de pêche dont le moteur cogne à deux temps, avec ce bruit des barques de pêcheurs que l'on entend dans tous les petits ports. L'un d'entre eux est suivi et accompagné d'un vol obstiné de mouettes, qui piquent vers l'avant, partent, reviennent, attirées sans doute par l'odeur de poisson que gardent les filets. Mais, à côté, passent des voiliers, fiers de leur mâture ; ils glissent doucement vers le large ; et l'on reconnaît sur les plus petits les silhouettes des privilégiés qui partent dans le soleil et le luxe — comme on voit à la télévision que font les riches, entourés de femmes très blondes, prêtes à bronzer dans le vent de mer. Renée sait bien qu'elle aussi, elle partira, tout à l'heure, sur le voilier de son beau-frère. Et cette perspective double sa joie : elle sera comme eux, sur un de ces bateaux blancs, si blancs sous le ciel bleu.

Pourquoi toujours blancs, ces bateaux ? Il en est d'autres, parfois, qui passent : le gris de fer d'une vedette militaire, ou le noir busqué d'un voilier aux allures de corsaire. Mais, dans l'ensemble, petits ou grands, ils sont tous blancs : et cela fait partie du rêve qu'ils représentent.

Le rêve de partir, de quitter le port — de partir sur une frêle embarcation, comme Ulysse, ou sur de grands navires orgueilleux, comme Christophe Colomb, de partir, puis d'aborder, de repartir, rompant les liens avec la terre et ses soucis, en quête d'autres lieux, ou de la parfaite absence de tout, quand nulle terre n'est plus visible... Renée se rappelle ce camarade d'études, qui, l'air sombre et la tête baissée, ne cessait de dessiner sur des bouts de papier des voiliers : sans doute, représentaient-ils pour lui la fuite vers le rêve, vers un ailleurs qui n'existait pas... Et quelle était donc la vieille chanson : « Oui, je t'emmènerai, sur mon joli bateau... » ?

Renée en suit un des yeux, puis un autre. Parfois survient un temps d'arrêt, et son regard remonte vers le fort, indifférent dans la lumière. Que lui arrive-t-il donc pour qu'elle se sente si parfaitement en paix et réceptive ? Rien n'y manque, ni la beauté, ni la lumière, ni le luxe… « J'ai de la chance ! » pense-t-elle.

\*

« J'ai de la chance… » : il suffit de ces mots pour que, tout à coup, elle en mesure le scandale. Ce matin, au réveil, dans cet hôtel dont le confort semble vous proposer à chaque instant un nouveau jeu, elle a écouté, de son lit, les nouvelles. Elle a entendu parler des combats en Yougoslavie, des bombardements, des blessés, des convois humanitaires… Et ce n'est pas tout : hier, avant-hier, tous les jours — en Afrique, au Cambodge, dans l'ancienne Union soviétique… Aujourd'hui, certainement, à cette minute même, des gens meurent dans la souffrance. Comment peut-elle goûter de la sorte une paix si fort en contraste avec ces violences ?

Même les bateaux, soudain, la rejettent vers ces bateaux du Cambodge, où des gens tentaient de fuir sous la menace, risquant la mort, la subissant enfin, par grappes humaines, dans l'inanition et la terreur. Elle l'a lu et ne l'a pas oublié : les bateaux ne sont pas tous faits pour les parties de plaisir des bien nantis. Et elle ne devrait pas tant se réjouir de la journée à venir, donnée au luxe et au gaspillage.

Peu à peu une bouffée d'angoisse lui vient au cœur. Certes, il était doux de rêver, de se croire à Malte ou à Saint-Jean-d'Acre ! Mais que voulaient dire ces mots pour elle ? Des images dans des livres ? En fait, tous les forts du monde sont construits en vue d'attaques ou de sièges ; tous ont servi aux batailles ; tous ont été des lieux de souffrance et de violence. Le siège de Saint-Jean-d'Acre… Renée ne sait plus très bien : elle voit cela, en gros, au temps des croisades. Mais elle sait, par un souvenir inconscient, que ce furent des temps durs, où des chrétiens se faisaient massacrer, et massacraient les autres.

Oui, l'on se plaît à la patine de l'histoire, à la douce lumière du matin sur les vieux forts désaffectés ; mais on oublie alors ce qu'est vraiment l'histoire : la patine ne vient que sur les cicatrices, sans cesse renouvelées.

Et voici que, sous ses yeux, la vue lumineuse se fait terrible et sombre : tout lui revient en désordre, dans une imprécision qui semble monstrueuse. Les guerres anciennes, d'abord : ne visite-t-on pas, ici, les «vestiges»? Rome est venue en conquérante, et son pouvoir s'est éteint dans le sang. Tous ces barbares !... Si l'on faisait un «Son et lumière», on y verrait, là aussi, la lueur folle des incendies. Sans parler de la peste. N'y a-t-il pas eu à Marseille une peste célèbre au XVIIIe siècle ? — non pas la première, mais la pire. Et puis, hier encore, la guerre, les bombardements alliés, les évacuations ordonnées par l'occupant, tout un quartier rasé...

Les bateaux sont bien rangés, mais les maisons aussi le sont : jeunes maisons, reconstruites sur un bord de mer dévasté.

Jamais Renée n'avait senti aussi fort la joie précaire d'un tel jour d'été : jamais non plus elle n'avait éprouvé une angoisse si aiguë à la pensée de ce qu'est l'histoire.

Elle en est toute secouée. C'est dit : elle n'ira pas à la promenade en mer. Elle ne sera plus aveugle, égoïste. Quand une fois on a perçu le poids des souffrances humaines, comment donc se remettre à vivre comme si de rien n'était ? Il faudrait aider les autres, de toutes ses forces ; il faudrait marquer que l'on a compris... «On m'a laissée dans l'ignorance, comme une petite fille, pense-t-elle. Il est grand temps de devenir adulte. »

*

Comme si cette découverte marquait un tournant, elle se lève et rentre dans l'hôtel. Il reste encore presque une heure avant le moment de l'embarquement ; mais elle trouve son grand-père assis au salon. Il est venu, lui aussi, pour ces retrouvailles marseillaises. Il lève les yeux de son journal :

— Alors, jette-t-il, prête pour la mer ?

Renée écarte la question d'un geste ; mais l'âge de son grand-père fait de lui un témoin : il pourrait lui dire enfin ce que nul ne lui a dit.

— Grand-père, demande-t-elle, j'étais dehors, je regardais Marseille : est-ce que tu as connu la ville autrefois, avant les destructions de la dernière guerre ?

— Oui, dit-il, je l'ai connue. Mais, sais-tu, je regardais cette vue, hier, quand nous sommes arrivés : eh bien, je ne reconnaissais plus bien ce qui a été détruit ou refait. Tout change. Et l'on oublie…

Renée soupire : cet oubli, dans le bref cours d'une vie d'homme, semble confirmer l'universelle fragilité de tout. Mais il lui paraît aussi très peu compréhensible. Elle revient à la charge :

— Mais la guerre, grand-père ? Tu te souviens bien de la guerre ?

Quelque chose de son angoisse a dû passer dans sa voix ; le vieil homme la regarde :

— Pourquoi penses-tu à la guerre ?

— Je ne sais pas. Je trouve qu'on la voit partout, encore maintenant. Cela m'a…

Un long silence s'établit. Il se dit que sa petite-fille a, ce matin, buté sur le malheur des hommes et n'est pas encore habituée. Cela est un bon signe : elle se forme et elle sera plus sensible que sa sœur. Il ne faut surtout pas la laisser se débattre toute seule contre de telles pensées. Doucement, il lui fait signe de s'asseoir.

— C'est vrai, chérie. La guerre est partout. Et elle n'est pas drôle. J'en ai connu deux, sans compter l'Algérie.

Renée avait oublié l'Algérie. Elle sursaute :

— C'est vrai, cela aussi… Mais comment supporte-t-on cela ? Tu voudrais que j'aille me promener en mer, sans raison, le cœur léger ? Comment peut-on ? Dis-le, toi qui as connu cela, comment peut-on ?

D'un geste, il lui répond : il joint les mains, paume contre paume, puis les retourne, les paumes au-dehors.

— Deux faces, dit-il : il y a deux faces à tout, au même moment, toujours — quelqu'un qui meurt et quelqu'un qui naît, une bataille et une fête. Tout est à la fois une bataille et une fête. Comprends-tu ?

Renée ne comprend pas très bien. Elle dit « oui » d'un air qui veut dire « non », qui attend davantage. Alors il se lance. Là, dans ce salon d'hôtel, pour la première fois, lui qui n'en parle jamais, il lui raconte des moments de sa guerre — le jour où son plus cher ami a été tué tout près de lui, le jour où était née leur amitié dans la solidarité du danger. Il lui raconte l'histoire d'une fille belge qu'il a connue : internée, déportée, laissée sans rien ni sans personne au bord d'une route (oui,

oui, cela existait !) ; elle allait se laisser mourir, quand elle a vu dans le journal (par hasard, oui, par hasard !) un avis de sa famille qui cherchait à la retrouver ; le désespoir puis la joie, l'un rehaussant l'autre, expliquant l'autre : une doublure d'or pour robe de deuil, une doublure noire pour un châle d'arc-en-ciel. Ensemble, toujours ensemble.

Renée se rappelle comme la vue était belle sur le Vieux-Port : peut-être la doublure noire rendait-elle plus précieux l'éclat du matin. Elle entrevoit confusément ce que son grand-père veut dire.

— Quand tu sais cela, tout se remet en place. Alors tu ne vas pas te promener sur l'eau comme une sotte, pour rien : tu y vas en sachant que cela t'est donné, à toi, à nous, pour un jour, et qu'il faut en profiter, sans jamais oublier ceux que recouvre la cape noire. Ils sont comme toi et tu mesures que ta chance n'est qu'une chance d'un jour… Une cape d'arc-en-ciel doit toujours laisser deviner son envers noir. Cela la rehausse.

Le grand-père n'est pas habitué à tant parler, ni avec tant de conviction. Renée est un peu gênée. Il insiste encore :

— Tu n'oublieras jamais ? C'est la condition…

— Non, non, je n'oublierai pas, dit Renée.

Mais déjà elle aperçoit sa sœur et son beau-frère qui viennent la chercher, ruisselant de gaieté et de précipitation. Elle hésite, et court vers eux, comme un enfant qui fuit la leçon pour la récréation.

«Elle a déjà oublié», pense le vieil homme. Et il en éprouve un mélange de tendresse et d'amertume : on ne devrait jamais compter sur les métaphores des vieillards pour modifier le rythme chaotique des découvertes adolescentes.

Il s'intéresse affectueusement à leur départ, puis, à son tour, il sort sur la terrasse. Il a passé l'âge des promenades en mer ; et il aime ses enfants, mais n'aime pas le bruit factice des retrouvailles à plusieurs. Il est content d'avoir la journée pour lui, la vue pour lui.

La vue est belle. Il sent qu'elle est plus belle pour lui quand il est seul. Il sait aussi qu'il ne pourra pas indéfiniment goûter sa beauté, ni aucun des plaisirs de l'existence. La mort est déjà en lui : non pas dans un passé de guerres à moitié oubliées qui, de temps en temps, reviennent à la mémoire, un peu par hasard, mais dans son corps de vieillard, dans ses muscles amollis et son dos douloureux, dans ses yeux las et sa main qui tremble. Il la sent à chaque minute qui approche. Aussi goûte-t-il ces dernières joies comme un vieux connaisseur savourant un alcool. De cela il ne parle jamais. Mais la doublure noire, ici aussi, rehausse la beauté de ce grand matin ensoleillé, qui lui est offert à lui seul, en secret, avant le baisser du rideau.

Si l'on était éternel, goûterait-on autant une telle matinée ? Et si la paix durait à jamais, s'émerveillerait-on de sa présence ?

Il s'assied à une des tables et rallume sa pipe. Il a conscience d'avoir bien mal expliqué son sentiment à cette petite fille pourtant si prête à l'entendre. Mais quelle folie, aussi, de vouloir expliquer la vie : l'enfant apprendra toute seule, comme les autres !...

Le fort, en face de lui, n'a plus les reflets roses du matin : il est plus blanc, plus lointain, un peu irréel. À le regarder, le vieil homme se sent aussi loin du temps présent que ces vieux remparts. Parce qu'il est vieux lui-même, tout ce qui a subi le passage du temps lui devient contemporain. Il y a les bateaux qui passent, pressés, à ses pieds ; mais, au-delà, il y a les remparts, la mer, et tout, ici encore, ne fait qu'un.

Serait-ce cela, l'éternité ? Comment dire autrement le fait que tout se rejoigne ? Même dans sa vie à lui, les repères du temps sont comme abolis : les souvenirs qu'il a vaguement évoqués tout à l'heure lui reviennent à l'esprit, en désordre : ils flottent et se combinent pour former sa vie ; et, comme elle, ils se défont.

Il aurait dû expliquer...

Expliquer quoi ? Il commande un pastis, auquel il n'a pas vraiment droit et abandonne son vieux corps à la caresse du soleil. Les choses qu'il aurait à dire se sentent et ne se disent pas. Et personne, en tout cas, n'est plus là pour les entendre.

Et puis quand tout est fini, que tous les œufs ont été trouvés, à grands cris et grand émoi, quand on s'est félicité, congratulé, ou que l'on a caché bien loin sa déconvenue, on rentre.

Personne ne s'aperçoit que l'on a oublié un œuf. Personne ne l'a trouvé, personne ne s'en est inquiété. Un œuf qui restera, sera détruit, ne laissera pas de trace.

N'en est-il pas ainsi de la plus grande partie de notre passé, de ceux que nous aimons, de nous-mêmes ? J'oublie déjà tant de noms...

# ASTROPOULOS EST MORT

Nous avions bavardé un moment, mon collègue et moi, en sortant de la bibliothèque, quand il me dit, par hasard :

— Vous avez su qu'Astropoulos était mort ?

Je l'ignorais, mais ne prétendis pas en être bouleversé.

— Tiens, non ! répondis-je. Il y a longtemps ?

— Quelque chose comme un mois, je crois… Mais il était malade depuis quelque temps — un cancer généralisé, m'a-t-on dit.

Ce détail remua un souvenir vague, que je m'efforçai de préciser. J'avais rencontré Astropoulos cinq ou six mois plus tôt, à un congrès : nous avions échangé quelques mots à une réception, en buvant du champagne tiède ; il avait effectivement très mauvaise mine ; et un ami m'avait expliqué, l'air sombre, qu'il était « fatigué ». C'est la formule. Je n'avais posé aucune question et je n'y avais plus jamais pensé. Astropoulos n'était pas vraiment un ami ; et, plus la vie avance, moins on peut s'émouvoir à chaque nouvelle de ce genre. Je demandai, très mollement :

— Je ne me rends pas compte : il était jeune encore ?

— Dans les soixante ans, je crois. Mais la vie là-bas et toute l'agitation de ces dernières années avaient dû l'user…

J'approuvai avec indifférence : cette explication semblait rendre juste et normale la mort de notre collègue. Nous parlâmes d'autre chose. Le soleil était encore haut dans le ciel parisien, et il faisait bon vivre.

*

Une fois de retour chez moi, cependant, je sentis, en faisant le bilan de la journée, comme le poids d'un vague malaise. J'eus l'impression que la mort d'Astropoulos me gênait, comme vous gêne un petit caillou dans une chaussure. Ou plutôt j'étais gêné, non pas par l'idée de cette mort, mais par l'indifférence totale avec laquelle je l'avais accueillie.

Pourtant, Astropoulos n'était pas n'importe qui. Et de plus je l'avais connu pendant des dizaines d'années. Là-dessus on m'annonçait sa mort, et je disais «Ah, tiens!». D'une certaine manière, cette acceptation dévaluait la vie humaine, et la mienne en particulier.

Je jetai mes livres sur la table avec lassitude et j'allumai un cigare. Puis je m'immobilisai : je me rappelais soudain ma première rencontre avec Astropoulos, il y avait bien trente ans de cela. Je lui avais offert un cigare et il avait refusé avec une sorte d'effroi, comme s'il s'agissait d'une proposition incongrue. Il avait alors la timidité anxieuse d'un petit chargé de cours étranger. Et cela m'avait, en un sens, touché.

Astropoulos, avec son nom grec retentissant (et qui lui valut plus tard bien des plaisanteries), était, en fait, roumain ; et il avait fait, Dieu sait pourquoi, ses études à Bologne : c'est là que je l'ai rencontré pour la première fois. Je me souviens que son nom, déjà, m'avait amusé ; mais je n'ai pas cherché à comprendre de quel pays il était vraiment ressortissant. Le monde de la recherche est à ce point devenu international que ces brassages n'étonnent plus, ce qui fait aussi que les intérêts s'émoussent. Le jeune Astropoulos devait avoir ses problèmes, sans nul doute. Mais le seul problème dont nous ayons parlé était celui des Parthes et de leur passage dans les montagnes de l'Hyrcanie. Les difficultés et les déplacements du jeune Roumain auraient été plus actuels, mais ils ne semblaient pas l'occuper — même lui — autant que ceux des Parthes.

Pourtant, ce qui me frappa dans le souvenir de cette rencontre ne fut pas la passion que notre jeune collègue apportait à ce débat (cette passion était notre fait à tous), mais la modestie courtoise qu'il y apportait. Astropoulos était un jeune homme bien élevé. Il laissait parler ses aînés. Il était curieux, serviable, bien informé. Il avait cet air effacé que l'on rencontre souvent chez ceux que la vie a le plus secoués et heurtés. (Mais je n'ai découvert ce trait que bien plus tard, lorsque j'ai rencontré des savants juifs, rescapés des camps et des exils. Astropoulos, du moins, n'était pas juif..)

J'ai dit qu'il était serviable. Il le fut avec moi. Je me souviens qu'il m'a raccompagné à mon hôtel, qu'il s'est chargé de m'envoyer par la poste divers articles qui m'encombraient et qu'il s'est inquiété de mon confort avec une grande gentillesse. Peut-être à cause de cela, plus tard, j'ai gardé une image de lui un peu à part ; et, quand on citait ses grandes découvertes, je revoyais ce visage anxieux et zélé : c'était comme un lien secret qui m'eût donné des droits sur lui.

C'est bien pourquoi, quand Lancret m'avait annoncé « Astropoulos est mort », j'aurais dû retrouver le sentiment de ce lien, et m'émouvoir un peu. Mais non ! Il m'avait fallu attendre d'être rentré chez moi pour que ce souvenir me revînt. Je fis les cent pas dans mon bureau : en quelle année était-ce donc ? Et tandis que je m'interrogeais, je voyais de mieux en mieux son visage d'alors, et ses yeux sombres, qui semblaient espérer on ne savait quoi ! Pauvre Astropoulos ! Cette attente, après coup, me faisait pitié. Peut-être était-ce celle d'une amitié confiante, qui n'avait jamais existé, ou celle d'une vie heureuse, qui venait de lui être ravie. Tous ces efforts pour rien ! Tous ces efforts pour qu'un jour deux savants, sortant d'une salle de bibliothèque, disent, avec sérénité : « Tiens ! Astropoulos est mort ! »

À retardement, le regret de sa mort s'esquissait enfin, sous la forme d'un remords ; et je considérais ce regret avec la même surprise inquiète que l'on a pour un invité inexplicablement en retard, et dont le retard a peut-être un sens grave.

\*

Je n'en avais pas fini avec cet invité.

Le souvenir de cette attente, dans les yeux du jeune homme zélé de Bologne, relança tout. Car, brusquement, elle ramena dans toute sa force la pensée de ce qui suivit — c'est-à-dire de la gloire qui, quelque dix ans plus tard, avait fait retentir le nom d'Astropoulos, dans tous les coins du monde. Astropoulos, à quarante ans ou à peine plus, avait découvert, sur les confins de la Syrie, le trésor des rois d'Ashtir.

Pourquoi là ? On croyait qu'ils avaient régné bien plus au nord. On croyait aussi qu'ils avaient détruit en fuyant leurs fabuleux trésors. Mais voici que sous ce tell banal, qu'Astropoulos avait obtenu de fouiller, il était tombé sur la grande salle ronde, avec les douze statues d'or, couchées en rond, et ouvrant vers le ciel leurs yeux de lapis-lazuli. Tout autour étaient les armes, finement sculptées, les vases noirs, les couteaux sacrificiels, les pendentifs incrustés de nacre, tous les trésors !... Au centre de la salle, gardée par les statues d'or, il y avait une coupe de bronze avec un épi de blé en or.

Tout s'en était trouvé renouvelé : l'emplacement du royaume, l'art de ce peuple quasiment légendaire, sa religion agraire et ses cultes à mystère. Sans la moindre tablette gravée, la trouvaille suffisait à décrire et à dater une civilisation dont des témoins bien postérieurs avaient gardé la mémoire, et dont la trace s'était perdue.

Et puis tout cet or avait vite fait rêver les foules. Les hebdomadaires de tous les pays avaient publié des reproductions. Les États-Unis avaient organisé une grande exposition : les rois d'Ashtir étaient devenus familiers à tous les enfants des écoles.

Je me rappelle, sur le moment, ma surprise fugitive à voir le jeune homme timide devenu ainsi le héros du jour. Cela m'avait amusé, peut-être un peu agacé (qui n'eût voulu être à sa place ?), et, désormais, Astropoulos en tant qu'être humain avait cessé d'exister : pour moi comme pour tous, il était devenu l'homme d'Ashtir. Sa découverte avait fait de lui quelque chose d'aussi officiel qu'une rubrique de dictionnaire, où les vies se ramènent à trois lignes.

Cela pouvait expliquer mon indifférence première. Mais cela la rendait aussi encore plus choquante.

Astropoulos ! Vous vous souvenez ? Le conférencier de toutes les académies, l'auteur des films sur Ashtir ! Astropoulos qu'une imagination prompte aux raccourcis se représentait entouré de ces douze statues d'or. Astropoulos que l'on avait photographié à côté d'elles !... Qui ne l'avait envié ? Quel archéologue, quel historien aurait hésité à changer de sort avec lui ? Quelle vedette de la politique ou du spectacle n'eût reconnu en lui un rival en notoriété ?

Et puis, quoi ! Il était mort et personne ne s'en souciait

C'était exactement comme s'il n'avait jamais rien découvert. Bientôt son nom ne rappellerait plus rien à personne. «L'astre» avait sombré derrière l'horizon : c'était bien la peine !...

Je pris un dossier, comme si j'allais travailler. Puis je le rejetai loin de moi : c'était bien la peine !

Et, pendant toutes ces années, qui s'était inquiété de savoir ce que cela avait représenté pour l'homme Astropoulos ? Quel genre d'obstination il lui avait fallu déployer pour arriver à ce résultat, quel genre de joie il avait ressentie lorsque dans l'ombre de la salle ouverte, à travers les gravats, il avait vu luire l'or ; avec qui il avait, ce soir-là, partagé sa fierté ; quel effort il avait fallu pour rester, à travers les années, au service de sa découverte — écrire, parler, voyager, publier, financer, discuter... Nul ne s'était posé ces questions. Nul ne les poserait plus — ou alors en vain. Le nom retentissant d'Astropoulos avait résonné quelques années, quelques instants. Et à présent c'était un nom du passé — comme ces guerriers perses qu'énumère la tragédie, tous morts, ensevelis ou abandonnés, perdus à jamais.

On n'avait même pas annoncé sa mort : quinze ans après, c'était le silence. Or, l'oubli frappe peut-être plus que la mort physique. Et ma propre indifférence donnait la mesure de l'oubli de tous.

Et voici qu'à mon bureau, la tête entre les mains et le cœur lourd, cette indifférence même faisait naître l'angoisse. On aurait dit que c'était la première fois que je découvrais la mort.

\*

Un destin semble plus saisissant quand rien ne vient détourner l'attention vers les détails individuels. J'avais si peu connu Astropoulos que je voyais seulement le schéma tragique de la gloire et de l'obscurité, du succès et de l'anéantissement. J'avais le cœur serré par l'abstraction même d'un tel schéma et par son caractère inexorable.

Cela m'agaça ; et en même temps cela piqua ma curiosité. Je pris mon téléphone. Il me fallait à tout prix découvrir, non pas les trésors de rois oubliés depuis des milliers d'années, mais cet homme si longtemps confondu avec eux, et comme effacé par eux. J'appelai Verlinard, un collègue spécialiste du Proche-Orient :

— Dites-moi, on vient de m'apprendre : Astropoulos est mort !

L'autre parut hésiter.

— Oui, quelqu'un m'a dit cela…, je ne sais plus qui…

— Vous le connaissiez : est-ce qu'il avait de la famille ?

Je sentis ce que ma question avait d'étrange : elle tranchait par rapport à une indifférence décidément générale. Mais j'insistai, expliquant que je l'avais rencontré plusieurs fois, que j'aimerais écrire à ses proches.

— Je ne sais pas, dit l'autre. Il avait une femme, qui l'a quitté il y a longtemps : roumaine, je crois. Avait-il des enfants ? Je l'ignore. Mais Jules Darricaud le sait peut-être : il a travaillé en Syrie…

Je remerciai. J'appelai Darricaud, et Grévy, et Campin-Lassus. Je m'acharnais sur la piste d'Astropoulos comme il s'était acharné sur celle des rois d'Ashtir. Mais il avait su remonter la piste, à travers les siècles, et je n'obtenais que des bribes incohérentes.

C'était assez pour savoir qu'il avait été un être humain, vivant et proche. Je découvris qu'il avait écrit un petit recueil de poèmes, en roumain, pas mal du tout. Je découvris qu'il jouait du clavecin. Du clavecin ? Dans les ruines d'Ashtir ? Plus j'avançais et plus je me perdais : les indices étaient semés dans le désert. L'anecdote brouillait le schéma tragique sans lui faire prendre corps. Plus j'allais et plus ce schéma tragique existait seul. La mort d'Astropoulos était la mort tout court — celle d'un savant comme moi, plus connu que moi, et qui disparaît un beau jour sans que nul s'en soucie.

À huit heures et demie, ma femme frappa timidement. Elle me vit le visage ravagé :

— Quelque chose ne va pas ? demanda-t-elle, inquiète. Il y a un malheur ?

— Oh ! ce n'est pas moi… Mais, en effet, il s'agit d'un collègue… Je ne sais trop pourquoi cela m'a secoué…

Je la regardais, encore sous le coup de l'émotion que m'avait inspirée ma propre indifférence. Et je me tenais debout, tout gauche, comme si j'avais à l'instant découvert que je n'étais rien, et que j'allais un jour devoir quitter tout cela — ce bureau, ce regard confiant, mes livres, la vie...

— Astropoulos est mort, dis-je doucement.

Ses yeux s'agrandirent, effrayés : le nom jadis glorieux devait lui rappeler très vaguement quelque chose ; mais peu importait. Elle joignit les mains et s'écria :

— Mon Dieu ! le pauvre garçon !...

Quelqu'un, au moins, était pris de pitié pour la mort d'Astropoulos.

# Table

IMPRIMÉ EN FRANCE PAR BRODARD ET TAUPIN
Usine de La Flèche (Sarthe).
LIBRAIRIE GÉNÉRALE FRANÇAISE - 43, quai de Grenelle - 75015 Paris.
ISBN : 2 - 253 - 13736 - 7            ✥ 31/3736/1